智慧公主马小岚纯美爱藏本28

走进电视剧

zoujin dianshiju
de gongzhu

的公主

马翠萝 著

U0299329

化学工业出版社

·北京·

原版书名：公主传奇　走进电视剧的公主　原版作者：马翠萝

本书为新雅文化事业有限公司授权化学工业出版社有限公司在中国内地
出版中文简体字版本。

北京市版权局著作权合同登记号：01-2022-3605

图书在版编目（CIP）数据

走进电视剧的公主/马翠萝著．--北京：化学工
业出版社，2022.8．--（智慧公主马小岚纯美爱藏本）．
ISBN 978-7-122-41686-5

Ⅰ．Ⅰ287.5

中国国家版本馆CIP数据核字第20243S7A90号

责任编辑：张素芳　　　　　　　　装帧设计：关　飞
责任校对：王　静

出版发行：化学工业出版社（北京市东城区青年湖南街13号　邮政编码100011）
印　　装：河北京平诚乾印刷有限公司
880mm×1230mm　1/32　印张6　字数100千字　2025年1月北京第1版第1次印刷

购书咨询：010-64518888　　　　　　售后服务：010-64518899
网　　址：http://www.cip.com.cn
凡购买本书，如有缺损质量问题，本社销售中心负责调换。

定　　价：25.00元

目 录

周晓星

周晓晴的弟弟，一个风趣幽默的淘气精，不时有天马行空的奇怪想法。

马小岚

来自香港的乌莎努尔公主，聪明美丽、正直善良，敢于向困难挑战，最喜欢说的话是"天下事难不倒马小岚"。

万卡

乌莎努尔公国第十九代国王，风度翩翩、英勇果敢。是国民眼中的好君王，小岚和晓晴、晓星心目中的暖心大哥哥。

周晓晴

马小岚的好朋友，漂亮活泼，喜欢打扮，最常做的事是和弟弟斗气。

第 *1* 章
失踪的作家

"小岚姐姐，晓晴姐姐，快快快，八点半了！"晓星坐在电视室的沙发上大声咋呼，"玛娅姐姐，零食呢？快拿零食来！"

最近这嫣明苑三人组迷上了一套热播的电视剧《大汉风云》，每晚八点半便坐定观看。

"来了来了。"嫣明苑大管家玛娅应声而来。她手里捧着一个水晶托盘，托盘上琳琅满目——不同味道的薯片、各种类型的果仁、香喷喷的爆米花、色彩缤纷的水果……全是看电视必备的零食！

玛娅把零食一一在茶几上摆放好时，小岚和晓晴也进来了。

玛娅朝小岚和晓晴微微鞠躬，然后退到一边，等小岚和晓晴落座后，她才悄悄地走出电视室，又轻轻地关上了门。

趁着还是播广告时段，晓星忙碌地用剪刀把薯片和果仁的包装袋剪开口子，一边说："哇，好紧张啊，不知道那些染了病的人怎样了。"

《大汉风云》是根据一部架空历史小说改编的电视剧，作者是中国内地著名网络小说作家李小白。架空历史小说，也就是历史类的架空小说。这类小说有描写虚拟人物存在于真实历史之中的半架空，也有由完全虚构的历史人物、历史时代构成的完全架空。

《大汉风云》属于半架空小说，不管是风土民情、人物穿衣打扮，都跟汉代一样，但人物设置和故事情节大多是虚构的。故事发生在京城西安，那里山清水秀、民风淳朴，社会安定繁荣，人民安居乐业。但一场瘟疫袭来，却改变了所有人的命运。一开始时是城郊长青村一名村民出现咳嗽、喉咙痛、发热等症状，过了几天，就发展到全村有一百多人出现同样的病症。一星期之后，全村竟然有一千多人病倒，占了全村的八成人口。

官府派了一队大夫去给村民医治，但一点效果都没有，病人一个接一个死去，疫情很快蔓延。大夫们都束手无策，搞不清这是一种什么怪病。

为防止疫情扩散，官府使出强硬手段，派出军队把全村的村民，不管有病没病的，统统驱赶到村子附近一片临时搭起的隔离营，让他们自生自灭。而军队就把他们团团包围，不许任何人进出，声明违者杀无赦。

"好可恶的官府，简直不顾人死活！"晓星看着村民们病了的越来越虚弱，没病的也陆续染上，很不开心，他连最喜欢的零食也无法下咽了，叹息着把手里的一桶爆米花放回茶几上。

晓晴瞪着受了惊吓的大眼睛，扭头问小岚："小岚，你一直跟万卡哥哥学医，你知道这是什么病吗？"

"流感。"小岚简单回答说。

"流感？！"晓晴和晓星不可置信地一齐喊了起来。

流感在现代是每年都会发生的，一般秋冬季节是高发期，会通过空气、飞沫、唾液，以及被污染的物品等途径传播。一旦出现感染之后，会导致身体出现高热、疼痛、乏力、咳嗽等症状，而且容易出现肺炎、心肌损伤等并发症。不过，由于现在有抗病毒药物，还可以打预防流感针，所以影响不是很大，死亡率也极低。

小岚看了他们一眼，见他们一副不可思议的样子，便说："别小看这流感，在医学不发达的年代，貌似普通的流感也会给人类带来重大灾难。你们没听过吗？一九一八年到一九一九年爆发的西班牙大流感，就夺去了全球两千万人的生命，比第一次世界大战死亡人数还要多。"

"啊，死了两千万人？！"那两姐弟的嘴巴张得可以塞进个鹅蛋。

"那长青村的村民太危险了。"晓晴忧心忡忡地说。

小岚叹了口气："这种在现代很容易治愈的病，在古代却是不治之症啊！"

这时电视屏幕上出现了一个小男孩的特写镜头，他的小脸有点发青，眼睛大而无神，嘴唇也干涩得裂开了一道道口子，不过，仍然可以看出他是个小天使般漂亮可爱的孩子。镜头拉开，见到小男孩躺在一名年轻女子怀里，女子的脸充满绝望和泪水。

"娘不哭，我会很快好起来的。"小男孩抬手，给母亲擦了擦脸上的泪水，又问，"娘，爹上哪去了？我想他。"

女子愣了愣，眼里的泪水又扑簌簌地往下掉，孩子的爹爹，家里的顶梁柱已经在两天前病死了。这事她不敢告诉孩子。她哽咽了一下，艰难地回答："你爹……你爹去了很远的地方，去找给小宝治病的神药。"

小宝无神的眼睛瞬间亮了："爹爹真好！那……是不是爹爹一回来，我的病就能好了？"

女子点了点头，但泪水却流得更多。她心里悲恸地呐喊着：孩子，你爹爹再也回不来了，你的病也很可能好不了了。天哪，为什么这样不公！为什么这样惩罚我们？！

懵懂的小宝不知母亲在想什么，他只是沉浸在爹爹回来和自己病好的喜悦中："娘，我不喊喉咙痛了，不喊饿了，我会乖，等爹爹回来。爹爹，你什么时候回来啊！"他眼睛一眯一眯的，脸上带着笑容慢慢睡着了。

他没看到母亲崩溃的面容，没听见母亲压抑地痛哭……

"呜呜呜……"小岚和晓晴、晓星都忍不住哭了。

这时候，屏幕上镜头定在了小宝的笑脸和母亲悲痛的面容上，片尾曲响起，接着缓慢地弹出演职员名单，这一集播完了。

"唉，又要等明天，真是好担心小宝啊！不知道他有没有活下来。"晓星拿了张纸巾擦着眼泪。

有人推门走进来："小朋友们，在做什么呀？"

进来的人有着挺拔的身材，长得剑眉星目，脸上带着

阳光般温暖的笑容。正是年轻的国王万卡。

"万卡哥哥，你来了！"屋里的人都欢呼起来。

身为一国之主的万卡，要忙的事情很多，每天起早摸黑，休息时间很少，所以也难以经常来嫣明苑看望自己喜欢的女孩子，还有两个可爱的小朋友。

"万卡哥哥，快坐，快坐！"晓星砰一下跳起来，冲到万卡面前，一把抱住他。

"呵呵，小家伙，几天没见，好像胖了点呢。得管好你的嘴，小心变成小胖子。"万卡笑嘻嘻地揉着晓星的头发。

"啊，真的胖了？"晓星跑到镜子前，照前照后的，"没有啊，还是那个风流倜傥玉树临风的晓星公子。"

"臭美！"晓晴撇撇嘴，"万卡哥哥没说错，就你那个馋样，迟早变胖子。"

"你才迟早变胖妞呢！"晓星和姐姐拌起嘴来。

小岚看得直乐，她对坐到自己身边的万卡说："万卡哥哥，你一来就引发一场战争了。"

"哈哈哈，我还成希特勒了！"万卡哈哈笑着，又说，"在看什么电视？"

"我们刚看完一集《大汉风云》。哎呀可惨了，那些百姓得了疫病……"晓星听到万卡问，马上噼里啪啦跟他介绍了一下今晚的电视内容，然后又问，"万卡哥哥，你是读医科的，要是让你回到古代，能治好他们吗？"

万卡点点头说："能。用中草药治，能全部治愈不敢说，但治好九成以上的病人还是可以保证的。"

晓星兴奋地说："太好了太好了，不如我们让时空器把我们带回过去，把小宝他们治好。"

晓晴敲了他脑袋一下，说："喂喂喂，你傻呀！那是电视剧，故事是作家编出来的！"

晓星摸摸脑袋，傻笑着："噢，也是。我一着急就忘了。"

小岚笑着拍拍晓星，说："别担心，救小宝的事，自有编剧来做，我相信，像小宝这么可爱的孩子，编剧是一定不会让他死的。"

"嗯。"晓星想了想，还是很担心，"不是有人说，悲剧比喜剧更容易打动人心吗？而鲁迅说过，悲剧就是把有价值的东西毁灭给人看。万一……万一编剧想让剧情更加震撼人心，把小宝写死了怎么办？哼，要是编剧真的把小宝写死了，看我不把他揍成猪头！"

虽然知道这只不过是作者所塑造的文学形象，但不知为什么，大家心里还是揪得紧紧的，为小宝的命运担心。但愿那李小白不会把小宝写死了。

"啊啊啊……"晓星突然啊啊啊地惊叫起来。

这家伙怎么啦？大家像看傻瓜一样看着他。

"啊什么，你神经病发作吗？！"晓晴打了晓星一下。

晓星指着电视机："失踪了，作者李小白失踪了！"

只见屏幕上有一则电视台发出的启事，启事的大意是：网络小说《大汉风云》的作者李小白，于早前失踪，正在连载的小说不再更新，所以，以他的小说内容拍摄的电视剧也只能停止拍摄，敬请观众原谅。

啊，作者失踪！大家都面面相觑的。不是吧，怎么会发生这样的事！

"糟了，那要是作者一天找不到，就一天不知道小宝的命运如何！唉，真令人纠结啊！"晓星有点沮丧，但他又马上精神一振，说，"小岚姐姐，咱们侦探三人组好久没出动了，不如我们去一趟中国，侦破这'畅销作家失踪之谜'，把李小白找回来，好不好？"

"你以为你是谁？福尔摩斯？"小岚瞪他一眼，"内地陆地面积就有九百六十多万平方公里，人口十四亿，这么大的地方，这么多的人，要找一个李小白，我看福尔摩斯都难办。"

"唉，那怎么办呢？我想看《大汉风云》，我想知道小宝后来怎样了。"晓星双手托着下巴，唉声叹气的。

万卡拍拍他脑袋，说："别担心，把找人的事交给中国警方好了。天晚了，大家回屋休息吧！"

小岚回到自己房间，洗洗上床睡了。其实她对李小白失踪的事挺感兴趣的，如果不是要上学，还要担当一部分外交事务，她真会去一趟中国，查查李小白失踪之谜呢！

一直到半夜时分，小岚才迷迷糊糊地睡着了。

第 *2* 章
走进电视剧

　　小岚是被一阵阵嘈杂的声音吵醒的。她想睁开眼睛，但眼皮好沉，睁不开。她心里有点奇怪，嫣明苑一向很安静的，虽然人不少，除了他们三人组之外，还有负责各种职能的宫女、男仆、护卫、大厨、园丁等三四十个工作人员，但他们一向训练有素，说话也不会大声，很有职业素养。

　　小岚翻了个身，只觉得身下的床硬邦邦的，还有什么东西刺得皮肤又痒又痛。这分明不是自己一向睡的那张软硬适中的舒服的床。

　　不对头！小岚强迫自己睁开了眼睛。

啊！不是吧！小岚用手擦了擦眼睛，不是眼花了吧？擦，擦，再擦，眼前的情境依旧。她一骨碌爬起床，瞠目结舌地看着眼前的一切。

自己分明处身于类似难民营之类的地方，还是环境最差的难民营。房子是用竹子和茅草盖成的、有着无数透着光的大小窟窿，房子里没有桌子椅子，只有一张张用木板和砖块简单搭成的简易床，床上也没有被褥，只铺了一层干草。屋子里，或坐或躺，塞满了人。

大多数人都是躺着的，看上去是得病了，而且病得不轻，全都脸色青白、呼吸困难、奄奄一息。

小岚感到很疑惑。这环境，这环境里的危重病人，怎么感觉那么熟悉？心里咯噔一下，这这这，这不是电视剧《大汉风云》里瘟疫隔离营里的场景吗？！

小岚脑子里像有一千匹马呼啸而过，轰轰作响。发生什么事了？难道自己又穿越了，还穿越到了电视剧里？！

"娘，娘，小宝饿。我想吃肉包子，我想喝鸡汤。"一把稚嫩的声音响起。

"小宝乖，小宝好好睡觉，睡着就不会饿了。"母亲哽咽着哄孩子。

小宝？那小天使般漂亮可爱的小男孩！小岚愣愣地看

着对面床上的一对母子，连剧中人物也出现了，自己真的走进电视剧里了。

"娘，我饿，我真的好饿！"才四五岁的孩子，哪挨得住饥饿。

"呜呜呜，我可怜的孩子……"小宝娘忍不住大放悲声。

带进隔离营的食物早已吃光，官府也没有送东西来的意思，显然这一村的百姓已经被当成死人，被抛弃了。小宝娘咬咬牙，好像决定了什么，对小宝说，"小宝，娘现在去给你摘些野果。你好好躺着，别跟着我。"

小宝娘站了起来，转身朝草房外面走去。

小宝没听他娘亲的话，他悄悄地爬起床，蹒跚着跟在娘亲后面。小岚见了不放心，也跟了过去。

走出草房子，小岚张望一下，发现这样的草房子足有十多二十幢。情况跟电视剧里一模一样，足有一千多人被困在这里等死呢！小岚心里十分沉重。

"什么人？站住！"一声吆喝，把小岚吓了一跳。

小岚一看，远处五步一岗，十步一哨，站满了士兵。其中一名像是小头目的人，正朝试图走出包围圈的小宝娘吆喝。

小宝娘好像没听见，仍然急急地走着，为了孩子，她什么都不顾了。包围圈外面有座山，山上可以找到野果，她要去找些回来给小宝充饥。

"站住，立即返回，听到没有！"小头目歇斯底里地吼着，见到小宝娘没有停下的意思，他转头对身边一名士兵下令，"准备弓箭！"

身边那名士兵听了，马上开弓搭箭，对准小宝娘。

小宝娘好像没看到也没听见，小宝的哭声在耳边萦绕，小宝消瘦的面容在眼前出现，她觉得，只要走出去，登上山，就能找到救命的食物，就能让孩子活下去。所以，她仍旧一步一步地，坚定无比地往前走着。她豁出去了。

小头目的吼声越来越焦急，越来越凶。其实他也不想杀人，只是军令如山，他们的任务是不能让隔离营的人走出去，他不能不执行，他希望小宝娘能停住脚步。

这时，隔离营里的村民听到动静，还能走的都纷纷跑了出来，见到小宝娘的险境，都朝她大喊：

"小宝他娘，你回来！"

"小宝他娘，危险，回来！"

"小宝他娘，回来，你会没命的！"

小宝娘一点没有停下的意思……

"再不停下就放箭了！"眼看小宝娘已经走出戒备的红

线以外，小头目气急败坏地喊道。

所有人都闭上了眼睛，不想亲眼看见即将发生的惨剧。

正在这时，响起一声稚嫩的声音："不要！不要杀我娘！不要杀我娘……"

一个小小的身影朝小宝娘奔去，那样虚弱，那样瘦小，但又那样的勇敢、无畏。

是小宝！

"怎么办？"持箭的士兵慌张地问。

"这、这这这，气死我了……"小头目顿足。

那小宝冲过红线，和娘亲抱在一起。

"崩！"士兵拉弓的手突然一松，箭脱弦而出，直飞向那对母子。

"啊……"在场所有人都惊叫起来。

正在这时，一个身影朝小宝母子扑了过去，扑一声闷响，那支离弦的箭狠狠插入那人后背。

现场像被揿停了暂停按钮，周围死一样寂静。不管是村民，还是官兵，所有人的眼睛都盯着那个娇小的身影，看着她跟跄了一下，扑倒地上。

人们从震惊中清醒过来，他们愤怒了。

"不许杀人！"

"太过分了……"

人们怒吼着冲过了红线。

"谁叫你放箭的！"小头目大骂士兵。

"脱、脱手了。我不是故意的。"士兵哭丧着脸。

村民们冲到小宝母子跟前，把他们娘俩，还有他们的救命恩人救了回来。

小宝娘从惊骇中清醒过来，她一手拉住小宝，扑向救命恩人，那女孩面如白纸，已经昏迷过去。小宝娘哭叫着："妹妹，妹妹，你别死，你不要死！"

人们都用敬佩的目光看着救人英雄——一个看上去才十五六岁的女孩子。那支箭射中她肩部，箭头全没入肉中。

虽然这个村子有几千人，但因为在一起居住时间很长，许多甚至几辈子都在那里生活，所以彼此都会认得，但这女孩感觉挺陌生的，显然不是他们村子的人。何况，她还穿了一身古怪的衣服。

"村长，救救她，快救救她！"小宝娘向身边一位白色长须老人求救。

"唉，我们全村都是种田的，哪会救人！"村长急得抓耳搔腮的。

正在这时，有两男一女三个人慌张地拨开人群，走到女孩子身边，大喊道：

"小岚，小岚！"

"小岚姐姐！"

第 3 章
两千年前的一场手术

原来，这英勇救人的女孩就是小岚。而这三名少年男女，正是万卡和晓晴晓星。

穿越来到这里的不止小岚，连他们也来了。只是他们到达时间比小岚晚了一点点，当他们发现自己身处电视剧中，正在迷惘时，却见到了小岚受伤的一幕。

万卡慌得手都在抖，心里狂喊着：小岚小岚，你千万不要伤到要害啊！他迅速地检查小岚的伤势。

晓晴和晓星在一边焦急地问："怎么样？严重吗？"

"幸好没伤到要害。"万卡松了一口气，但随即又皱起了眉头，"只是……这种箭是带倒钩的，如果硬把它拔出来，会硬生生地扯下一大块肉，使伤者受到二次伤害，让伤势愈加严重。最好的方法是动手术把箭取出来。”

晓星倒抽了一口气，焦急不安地说：“万卡哥哥，那咱们赶快给小岚姐姐动手术！”

晓晴吓得小脸发白：“万卡哥哥，这里条件这么差，没有手术室，没有手术用具……”

万卡站起来，没有半点迟疑：“没有条件也要创造条件。”

他对老村长说：“老伯伯，我要马上救治伤者。请给我准备一些东西。”

老村长说：“行！这孩子救了小宝娘俩，只要我们有的，什么都可以给你。”

“好，那您给我准备一把锋利的刀子，还有炉子、锅、酒、剪刀、大点的针。还有曼陀罗花。”万卡说。

小宝娘抢着说：“除了酒和曼陀罗花，这些我都有。我拿给你。”

老村长说：“酒我有，但是曼陀罗花……这是什么花？什么样子的？”

万卡找了一根树枝，蹲在地上画了起来：“这样子的，这里有没有？”

村长一拍额头，说：“哦，这不是狗核桃花吗？山上多

着呢！但是……那些人守着这里不让出去。"

旁边一个老村民听了说："狗核桃花？我倒是有，镇子上中药铺子的吴大夫给的，已磨成粉，给我治咳嗽用的。"

老人从怀里掏出一个小盒子，递给万卡。万卡打开瓶子闻了闻，高兴地说："没错，正是曼陀罗花，这是晒干之后研成的粉末！"

老人挥挥手说："那你拿去用吧！咳嗽是我老毛病了，早治晚治还不一样，先给小姑娘用吧！不过，我有点好奇，我只知道这狗核桃花能平喘、止咳，不知道还可以给小姑娘治箭伤。"

万卡解释说："这花有麻醉作用。动手术前泡酒给伤者喝了，伤者就不会觉得痛。"

老人很惊讶："原来这药还有这种妙用。"

万卡谢过赠药的老人，然后请老村长给腾出一个干净点的、光线充足的小房间。

"行。"村长说完扭头叫一个年轻人，"石头，你把你们几家住的那间小草房腾出来，给他们几位。你们几家人，就去最大的那间房，那里还有些床位。"

"没问题。我马上办！"那个名字叫石头的年轻人朝万卡点了点头，说，"跟我来！"

　　小草房很快腾出来了，万卡小心地把小岚抱了进去，又小心地把她放在一张比较干净的床上，让她趴着。背上深深插着的箭，令人看着心惊胆战。

　　这时小宝娘和老村长已经把万卡要的东西送来了，小宝娘在门口把炉子生着火，又让人打来干净的水，在锅里烧着。晓星一边点着那些东西，一边嘟哝着："炉子和锅，用来高温消毒；酒，用来杀菌；刀，剪子，用来动手术；针，用来缝合伤口。咦，万卡哥哥，怎么没有线？"

　　万卡说："一般缝衣服的线不行的，刚才我见到有几棵桑树，我们可以做桑皮线。"

　　所谓桑皮线，就是把桑树的根部去掉黄色表皮，留下洁白柔软的长纤维层，经锤制加工而成的纤维细线。这种线不容易折断，更有药性平和、清热解毒、促进伤口愈合的治疗作用。

　　晓晴坐在小岚身边，一脸的焦虑，不时用小手绢替小岚擦着前额渗出的冷汗："万卡哥哥，快动手术吧，你看小岚一直皱着眉头，肯定是伤口很痛。"

　　万卡心痛地看了看小岚，只见她脸色苍白，仍昏迷着。他伸手摸了摸小岚的前额，幸好没有发烧，这证明伤口没有感染："我马上去准备桑皮线。你们俩照顾好小岚，我很

快回来。"

"嗯嗯嗯。"晓晴和晓星齐声应着。

万卡走到门口又转身吩咐:"等会儿水烧开了,把刀子和剪刀,还有针放进锅里煮着消毒。"

就在晓晴和晓星等到万分焦虑的时候,万卡满头大汗地回来了,他手里拿着一小扎细线,看来是成功做好的桑皮线。

万卡放下东西,又去看了看小岚,见她没多大变化,便放了心。他对晓晴晓星说:"你们出去吧,我一个人给小岚手术。"

"不!"晓晴和晓星异口同声地说,"我们留下来帮忙!"

"不用。"万卡摇摇头,"你们又不会医术,帮不上忙的。到外面等吧,乖!"

"哦。"晓晴和晓星听了万卡的话,就不再坚持了。

两个人担心地看了小岚一眼,三步一回头。万卡见了说:"别担心,手术一定能成功的。"

"嗯嗯。"两个人快步走出了草房子。

万卡哥哥出马,没有理由不成功的。两个人自己安慰着自己。

　　草房子门口有很多人在守着，除了小宝娘和老村长，还有石头等几十个身体没有染病的村民。大家都在关心那个勇敢的小姑娘，不知道那个帅帅的公子能不能顺利地帮她把箭取出来。

　　晓星在门口对面草地上焦急地踱来踱去，等待真是太折磨人了，虽然知道万卡哥哥医术高明，但在这缺医少药的古代，没有现代的手术设备和手术室，不知会不会出现什么状况。

　　晓晴找了个地方坐了下来，双手捧着脸，眼睛盯着房子的门，像泥雕木塑似的一动不动。她希望在万卡哥哥做完手术后出来时，能第一时间看到他脸上的表情，是成功后的轻松，不是失败后的凝重。

　　其他村民或站或坐，有人讲起小岚冲出去救人的刹那，还感慨万分。说是没想到这么瘦弱的小姑娘，却这样的无畏，这样的勇敢。

　　老村长朝晓星走了过去，他心里对这几个少年男女有很多疑问，他们怎么会突然出现在这个被封锁着的隔离营，为什么穿着那么古怪的衣服，留着那么奇怪的发式。

　　面对老村长的疑问，晓星直挠头。不能说实话啊，如

果说他们是从两千多年后穿越过来的，那肯定没人信，而且还会被人当作骗子，严重点的甚至会被人当作妖怪。所以，只能编一些古人能接受的理由了。晓星摸了摸脸，希望自己说谎以后不会长出长鼻子。

"我们是从山上下来的。"晓星指了指身后那座大山，"我们四个自小就跟师傅入了深山修炼，过着与世隔绝的日子。因为山上常常会遇到猛兽，为了逃得快些，我们都穿着这种简单利索的衣服。至于这头发嘛，是我跟哥哥贪图凉快方便，故意剪成这样子的。"

为什么没有提小岚和晓晴头发，因为她们本来就留着长发，只是散着罢了，没万卡和晓星那样短短的令人奇怪。

"哦，原来是这样。"老村长恍然大悟。

在古代，常有些人喜欢在深山隐居，不问世事，不拘小节，这样的人，往往被视作身怀绝技的神仙般的人物。

老村长看着晓星的眼光都不同了："原来几位是神仙的徒弟！失敬失敬！"

老村长说着，朝晓星作了一揖。

晓星吓得赶忙避开。别看这家伙平日喜欢自卖自夸，但在长辈面前是绝对不敢摆谱的："老伯伯言重了，小子不敢当。"

"要的要的。哈哈哈，这回我们村有救了！"老村长又朝晓星作了一揖，然后急急地走回村民那里，告诉他们好消息。

"啊，真的？！救苦救难的神仙派徒弟来救我们了？！"

"这还用说吗？那长得帅帅的公子会医术呢，他就是来给我们治疫病的！"

"还以为这次会死在这里了，没想到天不亡我们啊！感谢天感谢地感谢神仙……"

"啊，那我的小宝不会死了！小宝，小宝，有神仙来救我们了！呜呜呜……"

第 4 章
神仙公子

小岚的手术用了一个多小时才结束，当万卡一脸疲累地走出草房子时，一群人呼啦一声走了上去，纷纷问道：

"小姑娘怎样了？"

"箭拔出来了吧？"

万卡笑了笑，说："她很好。箭拔出来了，过一段时间伤就会好了。"

"啊，那太好了！"老村长捋着须子，老怀大慰。

"神仙的徒弟，肯定福大命大，我早说不用担心的。"

"神仙的徒弟来到我们村，我们太幸运了！"

村民们还在说话，这边晓晴和晓星早就嗖的一下跑进房子里了。

万卡听到村民说什么神仙的徒弟，正在奇怪，忽然见到面前的人一下子矮了下去，呼啦啦全跪到他面前了。

"嘿，你们干什么？快起来！"万卡虽然身为国王，但他从不许臣民在他面前下跪，所以马上叫村民起来。

"请神仙公子大发慈悲，救我全村老少性命！"老村长眼中流泪，大声喊道。

"请神仙公子大发慈悲，救我全村老少性命！"其他村民跟着大声喊，好多人哭了。

万卡走到老村长跟前，把他扶了起来，说："没问题，我都答应，都答应。你们快起来吧！"

老村长愣了愣，说："神仙公子，你知道发生了什么事？"

万卡毫不犹豫地点头说："知道啊。你们村发生了瘟疫，很多人病了，官府怕你们把病传染开去，所以把你们隔离在这里，没医没药，让你们自生自灭。您想让我替你们治病，对不对？"

"中，全中！"老村长激动得两眼放光，"果然是上天派来救苦救难的神仙公子啊，我们还没说你就什么都知道了。神仙公子，你可要救我们呐，我们全村老老少少近两千人，已经有一千多人生病了，这几天陆陆续续死了十几个，

如果这样下去，全村人都得死光哪！"

万卡拍拍老村长的臂膀，说："放心好了，这病我能治，你们不会死的。"

"谢谢救苦救难的神仙公子！"

刚站起来的村民听了万卡的话，扑通一下子又全跪了下去，一边痛哭流涕一边磕头。

万卡一脸无奈，把又跪了下去的老村长扶起来，说："别跪，别再跪了，带我去看看生病的村民吧！"

"好，好！"老村长擦擦眼泪，大声对村民们说，"快去告诉乡亲们，让他们打起精神来。神仙来打救我们了，我们不会死了！"

村民们惊喜若狂、四散而奔，把好消息传送开去。

万卡跟着老村长，一间草房子一间草房子地去看诊，只见满目都是奄奄一息的病人，还有他们筋疲力尽、濒临病倒的家人。医者仁心，万卡心里十分难受。

来到一间草房子前，见到小宝娘早已站在门口等着，一见万卡就把他引到小宝的跟前。小宝本来就病得很厉害，之前和娘亲一起差点被射死，更受了惊吓，这时病得更厉害了。只见他呼吸急促，发着高烧，很难受的样子。

见到万卡，小宝强撑开他那双大眼睛，说："哥哥，你和刚才那个姐姐真是神仙吗？你真可以医好我和我娘，还有我们村的叔叔伯伯婶婶阿姨，哥哥姐姐弟弟妹妹？"

万卡摸摸小宝滚烫的额头，含着眼泪说："可以，可以的。哥哥一定会救你们，一个都不能少。小宝乖乖地睡觉，睡醒了，哥哥的药就准备好了，小宝吃了药就会好起来的。"

"嗯嗯，谢谢神仙哥哥。我一定会乖乖睡觉，乖乖吃药的。"小宝说完，闭上了眼睛。

万卡吩咐小宝娘用沾了冷水的布给小宝敷额头，然后又走向了下一间草房。

危重病人不少，看来得赶快用药了。这时天色已黑，万卡对一直陪着的老村长说："我马上上山采药，争取明天上午能熬好药让病人饮服。您找二十个年轻力壮的人，跟我一块上山去。噢，再给我找些装草药的背篓、竹筐。"

老村长看了看五步一岗、十步一哨的封锁线，那里全是虎视眈眈的士兵，不由得摇头叹气："咱们出不去的，他们早封锁了所有的路，要把咱们困在这里。"

万卡笑笑说："您只需要把人派给我，我自有办法走出封锁线。"

老村长看着万卡自信满满的样子，不由得使劲拍了拍脑袋。是呀，自己担心什么，人家是神仙的弟子呀，没有

办不到的事情。

"好，我马上去找人。"

万卡趁着老村长去找人的时候，回去看了看小岚的情况。见到晓晴和晓星坐在小岚跟前，晓晴正拿着一块手绢，细心地给小岚擦脸。

万卡摸摸小岚的额头，没发烧，这证明手术很成功，伤口也没受到感染，又看看小岚的脸已开始变得红润，这才彻底放下心来。

万卡吩咐晓晴姐弟："我要上山采草药，可能半夜才能回来。等会喂点凉开水给小岚喝，她嘴唇太干了。还有随时留意她体温，如果有发烧，就用凉水给她敷额头。"

晓晴乖乖地答应着："嗯嗯。"

但晓星就不那么听话了，他拉着万卡的手不放，说："哥哥哥哥，我也要跟你上山采药。好不好，好不好？"

万卡摸摸晓星的头，一脸严肃地说："晓星，这回真不能带你去。上山的路本来就不好走，何况很多药都长在危险的悬崖峭壁。你去了，反而会妨碍采药工作。"

晓星从没见过万卡这么严肃地跟自己他说话，知道自己真的不适合去，也就乖乖点头，放了手。

万卡再看了小岚一眼，就出去了。这时老村长已经找来二十个没染病的小青年，其中就包括石头。万卡对他们说："等会你们跟在我后面，不要说话，听我指挥就行。"

那二十个人都纷纷点头说："是。"

二十个人一人一个背篓，朝着大山的方向出发了。

月亮刚好钻进了云层，夜幕给了五个人最好的遮蔽，他们悄无声息地走近了封锁线。可以见到沿着封锁线有一堆堆的篝火，每堆篝火旁边都有五六名哨兵围着在烤肉，你争我抢的，十分热闹。

万卡小声吩咐后面的人注意隐蔽，然后俯伏在地上，慢慢向着一堆篝火爬去，爬到很接近时，他悄悄地往那堆火扔了一颗玻璃珠大小的药丸。发出的小声响被吵闹声盖住了，士兵们浑然不觉，小药丸被火燃点，发出一股淡淡的香味。

万卡赶紧用准备好的湿布捂住口鼻。

"呵，好困！"一个士兵一边吃着烤肉，一边嘟囔着。

"我也是……"另一个士兵还没说完，就扑通一下躺倒在篝火边上，呼呼睡着了。

"火快要灭了，还不加点树枝！你们这班懒鬼，快给我起来。要是让里面的人跑了出来，你们就死定了。"一个小头目模样的人推了推躺倒的士兵，可没提防，他自己也扑

一声倒在地上了。

　　篝火边上的四个人，一个接一个地躺倒，燃烧着的篝火慢慢暗下去，最后熄灭了。

　　"行了！"万卡兴奋地捏捏拳头，然后转头朝后面招招手。

　　万卡猫着腰向前跑去，后面的人也跟在他后面，迅速地越过了封锁线。

第 5 章
药到病除的神医

晓晴和晓星一直守在小岚身边，幸运的是小岚体温正常，呼吸也越来越平稳。守到半夜时，姐弟俩困得要命，也都躺在小岚身边呼呼大睡，直到早晨的太阳升起，阳光晒进了草房子，还没醒来。

倒是小岚先醒了。万卡怕她醒来伤口痛，所以手术后又给她服了些安神镇定的药，算起来她已经睡了十几个小时了。醒来后觉得有点迷糊，咦，自己在哪里呀！

看看身处的草房子，摸摸身下干草铺成的床，脑子突然清醒了，想起了之前的一幕幕——

身处电视剧场景，见到了患病的小男孩小宝和他的母

亲；在利箭射向小宝和他娘亲的危急关头，自己扑了上去；然后……就没有然后了。因为箭射到身上，那种彻骨的痛令自己昏了过去，什么都不知道了。

后来发生了什么事？是谁把自己身上的箭取出来的？箭伤处还有一些痛，但那是可以忍受的痛，这说明那帮助自己的人医术高明，手术十分成功，难道在这古代，还有华佗一样的"医圣"？

身边有人发出梦呓，小岚一偏头，不禁圆睁双眼，又惊又喜："晓晴？晓星？"

"啊！"身边两个人慌忙爬起身，心想糟了糟了，还答应万卡哥哥要守着小岚呢，但竟然睡着了。

晓晴一眼看到了小岚，她正用亮晶晶的眼睛瞧着自己呢！

"小岚，你终于醒了！担心死我们了！"她正准备扑过去，但又想起小岚身上有伤，急忙又控制住自己，只是跪坐在小岚面前，惊喜地看着她。

晓星也睡眼惺忪地挪了过来："小岚姐姐，你真吓死我们了。"

小岚还沉浸在异时空见到朋友的喜悦中，激动地说："原来你们俩也来了！"

"嗯！"晓星使劲点头，"不止，万卡哥哥也来了。"

"啊，万卡哥哥也来了！"小岚这下明白了，"是万卡哥哥给我做的手术？"

晓星说："对呀，就是我们英明神武、仁心仁术的万卡哥哥啰！"

小岚顿时松了口气。心想村民们这回有救了，万卡哥哥的中医很厉害呢！治个流感，肯定不是问题。

三个人正在说话，忽然听到门外有人叫道："小公子，小公子！"

晓星跳了起来："叫我呢！"

他跑去拉开门，原来是小宝娘，她正捧着一个冒着热气的碗，站在门口。

"阿姨，早上好！"晓星向小宝娘问好。

小宝娘说："小岚姑娘醒了吗？我做了碗蛋花汤，想给小岚姑娘喝。她昨天流了很多血，得补补。"

晓星点了点头说："小岚姐姐醒了，你请进。"

小宝娘一见到小岚，眼泪就流了出来，她把汤碗放在一边，俯身摸着小岚的头："好孩子，谢谢你的救命之恩。"

小岚笑笑说："阿姨别客气。小宝怎么样了？"

小宝娘一听就咧开嘴笑，笑着笑着又流起眼泪来："小

宝……小宝已经好多了，身上也不发烫了。真没想到啊，我还以为他会跟他爹一样……呜呜呜……"

"阿姨，别哭，别哭。"晓晴轻轻拍着小宝娘的背。

"好，好，我不哭，我应该高兴的。多谢神仙公子，他连夜带人去山上采来草药，半夜回来又马上熬了好几种汤药，给病情轻重不同的人分别服用。另外还熬了一种有预防瘟疫作用的，给还没受到疫症感染的人喝。我来的路上，听见老村长说不少人已经开始退烧了。真是没想到啊，还以为我们全村人都会死在这里呢！"

小宝娘说着说着，又呜呜地哭了起来。

小岚和晓晴晓星交换了一下惊喜的眼神，万卡哥哥简直是神医啊，一剂药就开始见效。

晓星得意地说："哈哈，我们再也不用等那什么李小白写故事了，也不用追看那电视剧了，因为这电视剧已经被我们演下去了。"

小岚和晓晴一想，可不，那没完的剧情，不就是他们现在正经历着的吗？她们也忍不住笑了起来。

只有小宝娘听得莫名其妙，不知这几个孩子说的电视剧是什么。她端起汤碗，用勺子舀了汤，送到小岚嘴边："孩子，来，喝点蛋花汤，我特意给你煮的。"

　　小岚肚子咕咕地响了几下，她才想起自己自从昨天穿越过来，就没吃过一点东西。但她又马上想起，小宝娘之前就是因为想去给小宝找吃的，才导致被士兵放箭，所以坚决地摇头："阿姨，我不饿，你拿回去给小宝喝吧！"

　　小宝娘说："小宝已经喝过了。神仙公子上山采药的时候，找到了一窝鸟蛋，全送给我了。我做了两碗蛋花汤，一碗给小宝，一碗留给你。"

　　小岚无奈，只好张嘴让小宝娘把汤喂进嘴里。小宝娘开心得眼睛弯弯的，好像她自己喝了汤一样。

　　喝了五六勺，小岚感到肚子里暖乎乎的，饥饿也好像缓解了一些，便对小宝娘说："我没胃口，不喝了，你留给小宝晚上喝吧！"

　　无论小宝娘怎么劝，小岚也不肯再喝。小宝娘看向晓星："来，小公子，这汤你喝了。"

　　其实晓星早就饿得肚皮贴着后背了，刚才小岚喝汤时，他就转过身暗暗咽口水，但他还是坚决拒绝了小宝娘的提议。这馋嘴猫其实挺懂事的，知道隔离营缺少吃的，自己是大孩子了，得把食物留给小孩子。

　　小宝娘没办法，只好把没喝完的汤盖好，又叮嘱小岚好好养伤，然后端着碗离开了。

不知道是不是蛋花汤带来了能量，小岚觉得虚弱的身体好像有了些力气，她不想再躺着了，她向晓晴伸出手："扶我起来。"

晓晴忙按住她："不行不行。你受了那么重的伤，得好好躺着。"

晓星也说："是呀小岚姐姐，你昨天才动了手术呢，最好别动。"

小岚摇摇头，说："我懂点医术，我会保护好自己的。我不想老是躺着，越躺越觉得浑身没力气。"

晓晴知道小岚脾气，她想做的事情是没有人可以阻挠的。她点点头，说："那好，我扶你出去，但不能走太久啊，随时要坐下休息。"

"行。"小岚点了点头。

外面阳光灿烂，照在人身上暖暖的，也让这死气沉沉的隔离营有了生气。一块草坪上坐了一些恢复中的病人，神仙公子说，晒太阳对病愈有帮助，所以他们或互相扶持，或由家人帮着，来到这里晒太阳。

见到小岚在晓晴、晓星的搀扶下慢慢走过来，一些目睹小岚救人的村民，都一脸尊敬地给她打招呼。一些因为生病一直留在草房子里的人，都好奇地打听，这漂亮的小姑娘是谁呀？

石头哥当时目睹小岚以身挡箭，他告诉大家，这就是救了小宝娘俩的那个小女英雄。

"啊，原来这就是小宝娘俩的救命恩人，昨晚小宝娘一直不停地念叨呢！"

"真是难得，这么娇娇弱弱的小姑娘，竟然有这样的勇气！"

"这小姐姐好厉害啊！爹爹，我长大也要像小姐姐那样勇敢！"

人们惊讶地议论着，最后都很一致地喊了起来：

"谢谢小岚姑娘！"

小岚朝他们微笑点头，说："不用客气。大家好好养病，祝大家早日痊愈，平平安安！"

"谢谢小岚姑娘。也祝小岚姑娘幸福安康！"人们七嘴八舌地说着祝福的话。

小岚突然感觉到一道温暖的目光在看着她，一看，原来是万卡朝她走了过来。草坪上的人见了万卡，都喊了起来："神仙公子来了！神仙公子来了！"

万卡停住脚步，说："大家好，都按时喝药了吧？"

老村长代表大家说："喝了喝了。木桶里盛的是治病的，

木盆里盛的是防病的，都让大家喝了。"

万卡满意地点点头："好。喝了药，没感染的人不会生病了，疫症病人也会慢慢康复的。"

"哇，太好了！"

"谢谢神仙公子！"

"神仙公子万岁！"

喊声惊天动地。封锁线外的军队士兵听到了，都伸长脖子朝这里看，不知道这些等死的人在激动些什么。

"不用客气。救人是大夫的天职，是我应该做的。"万卡摆摆手，说，"各位好好休息，按时吃药。我先回去歇歇。"

老村长忙说："对对对，神仙公子去休息吧。您一晚上没睡，一定很累了。"

万卡摆摆手，然后走向小岚，揉揉她的头发："早知道你坐不住。出来走走也好，但不能有大动作，牵动了伤口，那就麻烦大了。"

"知道了。我会小心的。我不就想亲眼看看万卡哥哥怎样妙手回春嘛！果然，都被称作神仙公子了。"小岚朝万卡挤了挤眼睛，说，"万卡哥哥厉害！嘻嘻。"

万卡轻轻拍了拍小岚的脑袋："跟晓星学会拍马屁了，甜言蜜语的。"

晓星在一旁捂着嘴偷笑："嘻嘻嘻。"

晓晴突然打断了他们的谈话，有点气急败坏地说："啊，糟啦！"

大家都朝晓晴看，不知发生了什么糟糕的事。

晓晴焦急地说："我们跟流感病人住在一起，要是被传染了怎么办！不行，咱们得赶快去喝那些预防流感的中药！"

"呵呵呵……"晓星指着晓晴，发出怪笑声。

晓晴有点恼怒："笑什么！我说得不对吗？"

晓星挤眉弄眼地说："对对对，太对了，姐姐，你赶快去喝苦药吧！不过我和万卡哥哥小岚姐姐是肯定不会去喝的。"

"哼，你自己想死就算了，怎么拉上万卡哥哥和小岚！"晓晴直想揍这个臭孩子。

"你看晓星笑得一副奸样，就知道有古怪了吧！"小岚对晓晴说，"你忘了，咱们都注射过预防流感针呢？"

"啊！"晓晴嘴巴大张，一会儿才一拍脑袋，"对对对，我记起来了！我们是打过预防针的，怎么就忘了呢！"

"臭孩子，竟敢捉弄你姐！"晓晴恼羞成怒，追打晓星去了。

万卡看着那打打闹闹的两姐弟，笑着摇摇头，扶着小岚："别管他们，咱们回屋去。"

"嗯。"小岚在万卡搀扶下慢慢走着，"万卡哥哥，你真厉害。这次幸亏你也穿越了，不然这隔离营的人肯定活不了。"

万卡用脚踢走了前面一块石头，免得小岚不小心踩上去，然后说："其实厉害的不是我，而是我们聪明的祖先，这次治流感我用的是中国汉代张仲景的方子。轻症流感用桂枝汤治疗，重症流感就根据不同病人的情况，分别用麻黄汤或麻杏石甘汤治疗。"

小岚由衷地说："中医真是博大精深，令人叹为观止。"

万卡头表示赞同，又说："现在还不是松口气的时候，因为隔离营已经断粮了，这些天他们都是在附近找野菜充饥。但隔离营就这么点范围，能有多少野菜，应付得了一天应付不了两天。村民们要是没吃的，同样摆脱不了死亡的命运。"

小岚说："有向官府要求接济吗？"

万卡说："老村长要求多次，都要不到粮食。据说这几年粮食收成都很不好，全国粮食紧缺，疫症还没发生时，就不断有百姓饿死。隔离营的百姓，在官府眼中已经是死人了，所以他们绝对不会拨给粮食的。"

小岚两道秀气的眉紧皱着："怎么办呢？难道就这样眼睁睁看着村民刚摆脱病魔，又得面对饥饿的威胁。"

说着话时，两人已经回到草房子。万卡细心地把干草整理得平整一点，然后扶小岚躺下。

那两姐弟也打打闹闹回来了。

第 6 章
神仙赐的马铃薯

"几位，给你们送吃的来了。"四个人正在说话，见到老村长来了，他手里提了个竹篮，笑眯眯地走进了小房子。

晓星马上走了过去,问道:"啊,有吃的? 是什么东西? "

老村长把竹篮里的一个瓦罐子捧了出来，放到地上，然后把盖子打开，原来是一罐热腾腾的菜羹。他接着又拿出四只碗，准备把菜羹装到碗里。

万卡把一只碗放回篮子:"给他们三个吃就行了,我不饿。剩下来的留给病人。"

老村长看着万卡，有点生气地说:"神仙公子,你都多久没吃东西了。要是你倒下怎么办？乡亲们还得靠你救命呢！"

万卡说："我上山采药时，石头摘了些野果给我吃。现在不饿。"

"我听石头说了，不就是两颗指头般大的野果子，哪能充饥。"老村长说完，硬是给装了四碗菜羹。装好后，又拿起一碗，硬塞到万卡手里。万卡接过碗，把半碗倒回瓦罐，然后才喝了起来。

小岚和晓晴晓星相互看了看，也学着万卡那样，把半碗菜羹倒瓦罐里。

"你、你们……唉！"老村长生气地瞪着他们，随即眼睛又红了起来，"这叫我们怎么好意思呢！你们来到这里，救我们性命，给我们治病，但我们连顿饱饭都没能给你们吃。"

万卡脸上露出温润的笑容："村长伯伯，我们是自己人，就别说这客气话了。"

"自己人？谢谢你把我们这些穷苦百姓当作自己人！"老村长忍不住流下泪水，"大家会永远记得你们的，子子孙孙都记得。"

晓星吧唧吧唧，很快把半碗菜羹喝完了，他咂咂嘴，说：

"伯伯，这是什么菜？味道还可以呢！"

老村长摸了摸脑袋，说："我也不知道是什么菜。发生瘟疫前，有个洋人跑来，说是要买一块地用来做什么'试验'，看能不能在大汉种出他们家乡的植物。东西刚种下，我们村就发生瘟疫，那洋人害怕得跑回自己国家了。这次官府建隔离营，洋人那块地刚好圈在里面。最近我们的粮食吃完了，野菜也挖完了，无意中发现洋人的那块地长出了些绿色的菜，这些菜是我们从来没有见过的。一开始我们都不敢吃，但后来粮食野菜都吃光了，早几天我们便试着摘了些煮来吃，结果发现味道还不错，吃了身体也没事。"

村长从竹篮里拿出一把绿色叶子，说："喏，这就是从那块地里摘的。可惜的是有一段时间没人打理，叶子大多都发黄了，能吃得不多。"

万卡一看那束叶子，马上咦了一声。他从老村长手里接过叶子，细细端详了一会儿，好像确定了什么，兴奋地喊道："粮食有了！"

大家都看着他，不知道他为什么有这样的反应。这叶子勉强只能填填肚子而已，能称得上粮食吗？

万卡也没解释，只是激动地对老村长说："老人家，请您带我去洋人的那块地看看。"

老村长心想那块地有什么好看的，长出的绿色叶子已经摘得差不多了，现在去只看到一些不能吃的黄叶子、枯叶子，还有干旱的土地。

不过，看到神仙公子兴致勃勃的样子，老村长也不想扫他兴，便点点头，起身头前领路，往洋人的那块地走去。晓星也跟着去了。

"喏，就是这块地。"不一会儿就到了，果然像老村长说的那样，一块丑丑的干旱的土地，上面长着一些乱糟糟的叶子。

万卡蹲在田边，捡起一把挖土的铁铲，又用另一只手抓住一把叶子，在叶子的根部挖起土来。

晓星兴奋地在万卡身边蹲下，问道："万卡哥哥，你挖什么？是这地下有宝贝吗？"

万卡一脸喜色，说："没错，地下的确有宝贝！"

不一会儿，万卡从泥土中挖出了一串黄黄的圆滚滚的东西。

"啊，马铃薯！"晓星一看大叫起来。

原来，万卡是学中医的，作为中医学生，他能辨认许多种中草药，而这马铃薯叶子也是他认识的中草药的一种，可以用来主治胃痛、湿疹、烫伤等病。刚才一看到老村长的那束叶子，他就认出是马铃薯叶，也就猜到了那位洋人种了些什么了。

马铃薯原产于南美洲，在原来的那个时空里，是在明朝时才传入中国，没想到，在这个时空里，汉朝时就已经有人把马铃薯带来了。

老村长见到万卡变戏法般挖出东西，十分惊讶。还以为这块地只是长出了些能吃的绿色植物，没想到在植物的根部，还长了这些黄澄澄、圆不溜秋的东西。

"这、这是什么？"从现代来的人当然都知道马铃薯，但作为古人的老村长却从没见过，不知是什么玩意儿。

万卡提起那串马铃薯，笑着说："这是救命的粮食。"

"啊，这，这能吃？！"老村长很吃惊。

"当然能，还很有营养呢！病人有了它，病好得更快，我们再也不用挨饿了。"万卡笑呵呵地说。

"天哪，真的？！那地底下还有吗？"老村长眼睛睁得大大的，死死盯着那块地。

"有，有很多！多得全村人可以吃好长好长时间。"万卡答道。

"啊，天哪天哪！"老村长激动得须子直抖，"谢谢神仙公子，不但给我们治病，还带来活命的粮食。"

万卡摆摆手说："这不是我带来的，只是恰好我知道……"

"不不不，就是神仙公子带来的。"老村长固执地说，"这块地在我们眼皮下这么长时间，我们也没看出地下藏有宝贝，但神仙公子你一来，宝贝就出现了。分明就是神仙公子带来的嘛！"

万卡无奈地笑笑，不再费口舌反驳了。他说："村长伯伯，您马上组织人来挖些马铃薯，让村民吃饱再说。"

"好！"老村长一颠一颠地跑回去，不一会儿就带来了一帮人。

"神仙公子赐给我们一种新的粮食，这种粮食叫马铃薯，我们先挖一部分回去给乡亲们充饥。"老村长意气风发地一挥手，然后又蹲下身子示范，"就这样挖。小心点，别把马铃薯碰坏了。"

神仙公子带来的新粮食？！

村民们沸腾了！尽管他们没见过这种古怪的农作物，但他们相信神仙公子，他带来的东西一定是好的。

村民们学着老村长的样子，在地里挖呀挖呀，挖出了十几箩筐的马铃薯。

"这东西怎么吃？"大家都不知道怎么处理马铃薯。

"我教给你们其中两种最方便快捷的方法。"这时轮到吃货晓星大显身手了，他神气地说，"首先把马铃薯洗干净，然后烧一大锅水，把马铃薯放进去煮，煮好了，把皮剥掉，蘸些盐，就能吃了。第二种方法，挑些较小的，用铁签穿起来，放到火上烤，烤好了放些盐，味道好极了！"

其实晓星起码知道有几十种马铃薯做法，但现在条件所限，只能做最简单的了。

在一块大空地上，村民们开心得就像过年似的，大人们煮马铃薯的煮马铃薯，烤马铃薯的烤马铃薯，小孩子就在人丛中跑来跑去，叫着、喊着，大家都知道，神仙送吃的来了，他们不会饿死了。

锅里，火堆上，慢慢传来了阵阵香味，马铃薯可以吃了。每个村民都分到了两个，在晓星的示范下，剥去皮，迫不及待地咬了第一口。

所有人的眼睛都亮了！慢慢咀嚼着，那种美妙，那种软绵，人人为之动容。小孩子都眉开眼笑，大人们却是热泪盈眶，有位老人还号啕大哭起来。

可能有人说，为了一个马铃薯，激动成这样，不会吧？饱肚子的人不知道饥饿的人是多么的凄惨，自从粮食歉收后，老村长他们只有过年过节才能吃上用米糠和菜做的食物，平日里有顿野菜吃已经很幸运了。所以，软滑美味的马铃薯吃在村民们嘴里，简直是天上神仙才能吃到的美味佳肴。所有人都第一次有了享受食物的感觉，还有吃饱肚子的感觉。

第 *7* 章
我是来送祥瑞的

　　有了药物的医治，有了马铃薯的能量加持，隔离营里的病人都陆陆续续痊愈了，隔离营里没有了痛苦的呻吟，代替的是劫后余生的喜悦和感恩。

　　"感谢神仙公子救命之恩！"一户又一户村民扶老携幼，向万卡磕头谢恩。

　　这是今早第三十五个家庭了。被治愈的病人纷纷前来，用他们认为最隆重最神圣的形式，向救命恩人万卡磕头致谢。

　　"老人家，快起来快起来！"万卡急忙扶起那户人家中的长者，他又回头对老村长说，"我不是让您转告大家，救死扶伤是大夫天职，让他们不要再来磕头了吗？"

老村长无奈地笑笑："我说了，一间草房一间草房地去说。但他们不听啊！"

在万卡的劝说下，接踵而来的几户人家没有坚持磕头，只是说了感谢的话就离开了。

万卡对老村长说："其实现在所有患者都痊愈，可以离开隔离营，回自己家了。"

"我也想啊，乡亲们已经是归心似箭了。"老村长说完，又苦笑着说，"不过，官府是不会让我们离开的，他们根本不相信我们能好起来。他们把我们隔离起来，就是等我们全都病死了，一把火烧掉，把病人和病菌全部消灭。他们是不会让我们离开这里的。"

站在老村长旁边的石头哥说："是呀是呀。昨天老村长带着我去喊话，尝试去跟那些官兵沟通，告诉他们染病的人已经全部康复，但他们根本不相信。那个带队的将军，还说瘟疫已经在全国范围内蔓延，这样的隔离营已经有成千上万，里面每天都在死人。大夫已经宣布，这病没药可治，一旦染上就只有死路一条。我想跑近点跟他们说理，却被他们放箭威胁。"

"原来外面疫情已经这样严重了吗。"万卡的眉头皱出了一个川字，"得尽快把治病的药方传出去，救活更多患者。可是，怎样才能让官府答应放我们出去呢？"

旁边站着身体恢复得差不多的小岚，她眼珠转了转，笑着说："我有办法！可以这样这样……"

万卡听了大笑："小岚厉害，这回十拿九稳了！"

小岚歪着头看着万卡："说做就做，怎样？"

万卡笑着说："好啊！"

"先把东西准备好。"小岚挑了几个外皮光滑、模样周正的马铃薯，把上面的泥擦干净，接着问老村长要了一个竹篮子，把马铃薯放进去。

万卡把马铃薯提起来，伸出手，对小岚说："走！"

"嗯。"小岚握住了万卡的手，两个人向着对面封锁线外的士兵走去。

看上去两人一点不像去做一件有生命危险的事，倒像是相约去郊游、去看电影似的。

晓晴和晓星在屋里睡懒觉，这时刚好走了出来，见到小岚和万卡正向对面官兵走去，晓星忙喊道："万卡哥哥，小岚姐姐，你们去哪儿？"

晓晴也着急地喊："危险，你们快回来！"

万卡和小岚没管他们，继续向前走着。这时村民们和远处的官兵都给惊动了，村民们都紧张地看着，官兵就都警惕地监视着。

眼看两人没有停止的意思，那边的官兵大喊一声："站住，不许再往前走了！"

晓晴和晓星急得朝万卡两人跑了过去，想拉住他们。有十几个村民也都跟着跑了过去。

"第二次警告你们，赶快回头，否则格杀勿论！"官兵中有人大吼。而且哗啦一声，一队士兵提弓搭箭，做出准备发射的样子。

"住手！"

"不许伤害神仙公子！"

村民们哗啦啦全都跑去了。

万卡和小岚停住脚步。他们这才发现，身旁身后站了很多人，大家都来了，怒视着对面的官兵。

"你们赶快回去，否则我们不客气了！"封锁线那头出现了一个身穿将军服饰的人，他气急败坏地喊着。

"将军，我们想跟你谈谈。"万卡严肃地说。

"没什么好谈的。我们奉命围住隔离营，你们一个都不许出来，否则刀剑无情！"将军不耐烦地说。

可是，对面的那群人却岿然不动，没有回去的意思。

"别以为我不敢！我说三下，再不回去，就放箭了！"将军举起手，吼道，"一……二……"

"慢着！"一声清脆的嗓音响起。

将军一看，是一个很年少很漂亮的女孩。只见她一脸的镇定，仿佛没看到对面一把把拉开的随时可以夺人生命的弓箭。

将军先是被女孩的美丽还有从容镇定吓住，继而看到了女孩包扎着的胳膊，他马上醒悟过来，原来这就是早几天中箭的女孩。

将军的手一下子垂了下来，那个"三"字也噎在喉咙出不来了。

将军也有一个这么大的女儿，很乖很文静的一个女孩儿，将军平时宠得连一句都舍不得骂。

将军清楚记得前些天的那一幕。那天他正从外面回来，远远见到官兵为了制止村民走出隔离营而放箭，箭射中一个女子，那噗的一声闷响，分明是射得极深。当时场面乱糟糟的，也不知道射着了什么人，现在才知道，原来，射中的是一个像自己女儿般大的、美丽的女孩子。

将军觉得自己经历战场生死考验、坚硬如铁的心，倏然间变得柔软起来了。

"把箭放下。"对士兵吼了一声，将军然后看向小岚，他的声音变得温和起来，"回去吧，我不想伤害你们。"

士兵们放下弓箭，他们都有点纳闷，这个将军素有凶名，对人不是吼就是骂，今天声音怎么变得这样温柔了？

小岚上前一步说："谢谢将军大人。希望将军大人听我说几句话。"

将军竟神差鬼使地点了点头："你说。"

"将军大人，我们是来献祥瑞的。"小岚郑重其事地说。

祥瑞，指吉祥的征兆。在古代被认为是表达天意的、对人有益的自然现象。如天上出现异常景象，地上长出特别的植物或出现奇禽异兽等。对于帝王来说，自己管治的地方出现祥瑞，是说明自己管治有方、国运昌隆。

所以，那位将军一听到"祥瑞"两字，马上重视起来："什么祥瑞？"

小岚从万卡手里拿过竹篮，捧在胸前，说："这祥瑞叫马铃薯，是上天赐下来的，可以解决当前粮食短缺的困难。"

"啊！"将军又惊又喜，简直不相信自己耳朵。

令整个国家陷入绝境的，就是缺粮和疫症，这小姑娘竟然说有了能解决粮荒的祥瑞！

"这祥瑞，能吃？"将军半信半疑。

"能吃，而且还可以作种子种植，三个月有收成，亩产最少有两千多公斤。"小岚突然想起汉朝的计量单位好像是按钧呀石呀的，但她一时又想不起来怎样换算，只好按原先那个时空的计量单位了。

看到对面那位将军一脸的震惊，就知道他听懂了。这里的计量单位竟然也是以公斤算呢！

是的，将军听懂了，他震惊得嘴巴都不自觉地张大了。可以吃，可以作种子，而且三个月就可以收成，更惊人的是，亩产最少竟然可以达到两千多公斤。世界上真有这样的东西吗？如果真有的话，那就真是了不起的祥瑞了。

这祥瑞一出，可以令多少百姓免于饿死啊！

将军竟然忘了对面那群人是极度危险的疫症患者，他飞快地跑到小岚跟前，从竹篮里拿出一个马铃薯，声音颤抖地问："小姑娘，你说的是真的？这东西，噢，不不不，这祥瑞亩产最少有两千多公斤，那最多的呢？"

小岚眼睛亮晶晶的，说："最多可达五千公斤。"

"啊！"将军眼珠都快掉出来了，愣了一会儿，他伸出手，结巴着说，"给给给给给我，我要马上送去给陛下。"

小岚抱住竹篮不放："上天降下祥瑞时，嘱咐我们亲手交给皇帝陛下。"

"由你们亲手送给陛下？啊，不行！不行！"将军这时才想起，这些人是传染性极高的疫症病人。他吓得"啊"了一声，转身跑了。

"回去，赶紧回去！你们不要把瘟疫带出来！祥瑞，由我们转送。"将军跑得远远的，才停住脚步，犹有余悸地说。

"我们病好了，全好了！"小岚指指身后的村民，说，"将军大人，你好好看看，这些叔叔伯伯，婶婶阿姨，还有这些小朋友，他们的样子像是病人吗？"

"是呀，我们像是快要死的人吗？"

村民们七嘴八舌地附和着，有些小伙子还用拳头使劲拍打胸膛，显示自己健康的身体。小宝也挣脱了娘亲的手，跑到前面，"嘿嘿嘿"喊着踢腿蹬脚上蹿下跳的。

将军的眼神有点迷惘，之前把这些人隔离起来时，不是连站都站不住、只剩下半条人命的吗？怎么现在看上去一个个都精神奕奕的，真的不像有病的样子："你们、你们真的痊愈了？"

"我们真的痊愈了！"千多人一起喊道。

将军一脸的不可思议："你们是怎么好起来的？有神仙搭救吗？"

老村长走到万卡身边，说："将军大人，您说对了，真

的有神仙搭救我们。就是这位神仙公子，用草药治好了我们全村老少。"

将军向前走了两步，又停了下来。他看向小岚："小姑娘，我信你。真的有神仙把所有人治好了吗？"

小岚点点头，说："是的，没错。治愈瘟疫的药方，就是我们要献的第二个祥瑞。"

"哈哈哈，哈哈哈，太好了太好了，两个祥瑞，真是及时雨呀！国家有救了，百姓有救了！"将军仰天大笑，笑个没完。

"将军，将军！"旁边的小头目急得直叫唤，怕将军笑着笑着笑死了。

"我没事！"将军瞪了小头目一眼，又笑容满面地对小岚说，"好，你们少安勿躁，先回去歇着，我马上写奏章，尽快把事情向皇帝陛下禀报。忘了问，小姑娘，你叫什么名字？"

小岚回答说："我叫小岚。"

将军说："我姓徐。我也有一个像你这么大这么漂亮的女儿。哈哈哈！"

又笑！惹得一旁的小头目好担心。

第 8 章
历史上的汉安帝

　　小岚和万卡见到事情已按着他们所希望的，顺利地发展着，所以谢过徐将军后，就带着村民们回隔离营去了。

　　大家都喜气洋洋的，相信再过一段时间就可以恢复自由，可以回家了。

　　万卡趁着这段时间，带着村民们把地里的马铃薯全挖了出来。一部分分给村民，让他们吃一些，留一些用来栽种，还把栽种方法教给了他们。村民们都很激动，从此以后，他们就再也不愁没吃的了。

　　留下大部分马铃薯，万卡打算交给汉安帝，由他找人试种，然后在全国范围内普及种植。

　　没想到事情发展这么顺利。就在当天下午，徐将军就带来了一名姓吕的宣旨太监，还有由御医丞率领着御医局的一队御医。按时间推算，应是徐将军的奏章在层层部门中都是一路绿灯，畅通无阻，直达皇帝面前。而皇帝也马上审阅，即刻批示，派出吕太监和御医局御医，前来宣旨和确认祥瑞、察看疫症恢复情况。看来解决疫情和缺粮，已成了国内刻不容缓、急需解决的严峻问题，所以皇帝如此重视。

　　吕太监打开黄色的圣旨，大声宣读。圣旨内容大意是，大汉汉安皇帝喜闻有瘟疫患者痊愈，并有祥瑞呈献，圣心大慰。特派御医局御医来隔离营查看，如果情况属实，可让村民出营，带上祥瑞入宫晋见。

　　宣读完圣旨，御医丞便带着十多名御医，蒙上面巾进入隔离营。

　　病人的康复情形令他们感到无比震惊。自从发生瘟疫后，全国各地呈报上来的只有染病数字，死亡数字，却没有一个康复数字。现在一下子就见到了这么多康复病人，怎叫他们不惊喜若狂。

　　"你那里怎样？"

　　"全部康复，一个也没有少！"

"我这里也是，全好了，全好了，哈哈，真是奇迹啊！"

"哪里来的神医高手？真是国家之大幸啊！"

御医们把自己负责的病人全部诊断后，纷纷表示自己的喜悦与震惊。

御医丞带着一班御医找到了老村长，问道："老人家，请问是哪位神医，把病人治愈的？"

"是神仙公子。"老村长回答。

"神仙公子？！"御医们互相瞅瞅，个个瞠目结舌。

原来真是神仙！真是神仙啊！怪不得所有大夫都感到束手无策时，这里却活人无数。

"神仙公子在哪里？快，快带我们去拜见！"御医丞两眼冒光，催促老村长。神仙的故事听得多了，但他们还没见过真的神仙呢！

"神仙公子……在睡觉。"老村长说。

"在睡觉？"御医们好像发现了什么秘密，原来神仙也要睡觉的。

老村长接着说："神仙公子日以继夜治疗病者，一直没好好休息过。直到刚才听到皇上圣旨，他才放心地回去睡了。"

原来是这样。日以继夜诊治病人，就是神仙也累啊！

御医们对这位神仙充满了敬意。

正在这时，有村民大声喊道："神仙公子来了！"

御医们全都"唰"地转过头去。只见来了两男两女四名少年人，一个个长得跟画儿上走下来的人物似的，英俊秀美、高贵大方。而身形最高的一位，剑眉星目，面容俊秀，举手投足间自有一种气势，令人望而折服。

不用老村长介绍，一众御医就知道哪位是神仙公子了。于是由御医丞带头，全体御医跟着，一齐跪下向万卡叩拜："拜见神仙公子！"

万卡一见心里直嘀咕，这里的人怎么这样喜欢跪！他急走几步，扶起最前面的御医丞，说："各位请起。"

御医丞却不肯起来，他热泪盈眶，哽咽着说："神仙公子下凡救苦救难，我大汉百姓何其有幸啊！"

万卡有点哭笑不得，村民们乱叫的，你也信？使了点劲，他把御医丞扶起，一班御医这才跟着站了起来。

这时吕太监满脸春风走来，大声宣布说："经查明，徐将军所奏情况属实，隔离营众人即时解除禁令，可返回家园。"

吕太监又向万卡等几人鞠躬作揖，说道："汉安皇帝有请神仙公子及几位神仙弟子，携祥瑞入宫。"

万卡点点头，说："愿意之极。事不容迟，马上出发吧！"

"谢谢神仙公子！"吕太监大喜，他手一招，四名小宫女各手捧一套汉服，走了过来。

吕太监对万卡和小岚四人说："这是我们陛下所赐锦服，请各位更衣。"

万卡等人也不推辞，接过小宫女手上衣服，各自找地方换衣服去了。

穿越来到这里，他们一直穿着村民给他们的衣服。这个时代的穷人，只能穿粗糙的麻衣和葛衣，穿在身上像有很多根刺在摩擦着皮肤，十分难受。再加上古人个子普遍比现代人矮，衣服穿起来有点窄小，很不舒服。所以见到皇帝赐的丝绸衣服，就都一点不客气地接受了。

四人换了衣服出来，不论是吕太监还是太医，或是村民、士兵，都看呆了。

俗话说，人靠衣裳马靠鞍，之前穿着破旧的衣服，都给人神仙般的感觉，现在穿上华衣美服，就更加不得了啦！看衣袂飘飘、优雅脱俗，比画儿上画的俊男美女还要漂亮呢！

吕太监和宫女、御医这些常见到皇帝的人，更是被走在前面的万卡吓得倒抽一口冷气，这位少年神仙太有气势

了，这让他们马上想起了大汉的皇帝陛下。

吕太监强按下心中惊疑，他尴尬地合上了张得大大的嘴巴，对万卡作揖说："请神仙公子登车。"

村民们见到救命恩人要离开了，都走过来告别。大家全都依依不舍的，万卡一行人被重重围住，无法离开。

小宝娘哭得两眼通红，舍不得小岚离开，小宝一手扯着小岚的衣服，一手拉着万卡的手，扭着身子说："神仙哥哥，神仙姐姐，我不让你们走，我不让你们走。"

小岚搂着小宝哄了好久，小宝才嘟着嘴放了手。

万卡对村民们大声说："各位乡亲父老，疫情紧急，全国还有很多患者，等着我们的救命药方……"

这时老村长也站出来说话了："大家让让，让神仙公子赶快去救人吧！"

村民们只好不舍地让开了路。

万卡四人登上皇帝派来接他们的马车，往皇宫而去。马车走出好远，还看到隔离营方向，村民们在朝他们不断挥手。他们也朝村民们挥手，直到视线里的村民们变成小蚂蚁一样，他们才放下了车帘。

马车车厢内很宽敞，很舒适，两匹马拉着，一颠一颠地很有趣。晓星摸摸这里，摸摸那里，又揭开车窗的帘子朝外看："哗哗哗，快看快看，进城了进城了！跟我们上次去西汉时的街道很相像啊，果然是另一个平行世界里的汉朝。"

之前他们曾经去过汉高祖年代，还待了挺长的时间，对汉代了解很深。

大家都朝外面看，的确如晓星所说，不管是街道建筑、行人衣着打扮，都跟汉朝差不多。

小岚笑笑说："在我们那个时空的汉朝，也有一个汉安帝呢！不知这大汉朝的汉安帝，跟我们那个时空的汉安帝有没有相似之处。"

万卡对中国历史很熟悉，他说："希望不相似。我们时空的那位汉安帝刘祜，在历史上评价很差呢！"

晓晴学历史，属于考完试就忘掉的那类，所以对汉安帝这个人没什么印象。她好奇地问："怎么差法？"

小岚受她的考古学家父母影响，对中国历史认识较深，她告诉晓晴："汉安帝腐败无能、贪图享乐，民不聊生，社会矛盾激化。他执政期间，不辨是非，不分忠奸，对身边宦官宠臣过于信任，听不进忠臣的劝告，导致整个朝政腐败不堪。东汉百年的辉煌基业，被他短短五年时间就毁得一干二净，东汉政权从他开始彻底衰败下去。"

　　万卡点点头，说："其实，刘祜这个人从小聪明伶俐，懂礼节，是刘氏子弟中最优秀的。他之所以这样昏庸无能，是因为在他的成长过程中，不但没有人管，还被人有意地放纵，才让他长歪了。"

　　晓星一脸的好奇，问道："啊，为什么呢？皇帝不是应该自小就用很多资源去培养和教育的吗？怎么会没有人管，还有意放纵呢？"

　　万卡说："刘祜做皇帝时才十三岁，他本就是个普通皇室子弟，没有受过执政方面的培养。因上一任皇帝刘隆不到两岁就去世，没有子孙，所以被皇室推举做了皇帝，一时间也没有思想准备。而他登位以后，有十四年的时间都是由太后执政的，他只是个像扯线木偶般的傀儡皇帝。太后热衷于手中权力，忽略了对刘祜的教导，导致了刘祜有许多失德行为，这令太后很不满意。加上这位太后过于看重权力，不想把大权交还刘祜，觉得刘祜越荒唐她就越有借口继续执政，所以对刘祜就越来越放任，更不会去教他怎样做皇帝。事实上，刘祜就是在这种既无权又没人教导的环境里成长起来的。"

　　晓晴听到这里，撇撇嘴说："这个皇帝，当得也真够憋屈的。"

晓星听得聚精会神，他追问道："登位十四年都由太后执政？那他后来是怎样拿回执政权的？"

万卡继续说："后来太后去世，汉安帝才有了亲政的机会。而这时他已经二十八岁，世界观已经形成，再去学习怎样做皇帝，再去改变身上恶习，已很困难了。而事实上，可以说东汉是败在他手里的。"

晓星原先对去见皇帝还有点兴致勃勃的，现在好像提不起兴趣了："原来是这样一个昏君，真不值得我们去帮！"

万卡笑笑说："晓星，此刘祜不是彼刘祜，这是不同时空的两个皇帝呢！我相信这里的汉安帝应该是个忧国忧民的好皇帝，你看他这么重视治瘟疫、解决粮荒，就知道他一定心系百姓，急于为百姓纾困解难。"

"我也觉得这位汉安帝应该跟那位汉安帝很不一样。"小岚点头赞同，"这个猜想很快会揭晓了。"

晓晴双手捧脸，一脸期待："我觉得，也可能他是世界上最聪明、最有智慧、最英俊儒雅的皇帝呢！"

晓星睨她一眼："姐姐，你花痴病又犯了，快吃药吧！"

花痴暴起："先给一个炒栗子你吃！"

晓星摸摸被敲痛的脑袋，叹了口气，做人弟弟难，做花痴的弟弟更难！

第 *9* 章
议事殿变成菜市场

　　车子在晓星的哀怨中停了下来，原来他们已经来到城门入口。

　　为防止把疫病带进城内，疫情期间城外的人一律不许进入，吕太监拿出令牌，一行几辆马车才被放行。

　　马车接着走了十来分钟，又停下了。

　　吕太监在前面那部车走下来，用尖细的嗓子喊道："到皇宫了，请神仙公子下车！"

　　万卡首先下了车，回身想扶其他人下来，但小岚、晓晴还有晓星，已经在他后面砰砰砰砰跳下了车。

　　看看周围环境，原来他们已经站在皇宫大门口。从大门口望进去，可以见到里面一座座巍峨庄严的宫殿。

晓星瞧了瞧，说："没故宫漂亮。"

如果换了别的人，吕太监一定会不高兴的，说不定还会向皇帝陛下告个小状，说他们目中无人、以下犯上呢！但现在他却仍然保持笑眯眯的模样，因为他心里想这小公子说的故宫，一定是神仙的宫殿吧！神仙的宫殿比凡人的漂亮，这一点不出奇呢！

皇帝在同和殿接见他们，由大门口去同和殿要走不少路呢。于是，他们又坐上了来接他们的轿子，每人坐一顶，由轿夫抬着一颠一颠地走着。走了十多分钟，才听到外面吕太监在叫："请下轿！"

"哇，终于到了。这轿子颠得我骨头都快散了！"晓星忙不迭地跳下地，左看看，右看看，原来他发现自己站在一个很大很大的广场，而前面接近百米远的地方，有一座红砖绿瓦的宫殿，宫门上方挂着一块写着"同和殿"的牌子，而宫殿门口的两侧，各站了一队卫士，一直排到他现在站立的地方。

"太监伯伯，还要坐轿子吗？"晓星问道。

吕太监摇头笑道："不坐了，不坐了。从这里去同和殿不可以坐轿子的，要走过去。"

"哦。"其实晓星一点不喜欢坐轿子,走路过去正合他意。

这时万卡和小岚、晓晴也下了轿子,一行四人在吕太监的带领下,向同和殿走去。

"神仙驾到——"

一声怪腔怪调的叫喊把他们吓了一跳。

"神仙驾到——"

又是一声叫喊。

一声接一声的叫喊,把万卡他们到来的消息传到了同和殿里。

在喊声中,四个人迈进了大殿。万卡和小岚走在前面,晓晴和晓星紧跟在后面。

只见大殿前面正中,坐着一个头戴金冠、身穿龙袍皇帝打扮的人,而大殿两边,就各站了一排身穿官袍的官员,每排大约二十人。见到万卡小岚他们进来,所有人的目光都落到他们身上。

"这个时空见到皇帝要跪下磕头吗?"晓星悄悄问身旁的晓晴。

"才不呢!我们万卡哥哥也是皇帝,怎么可能给他磕头!"晓晴撇撇嘴说。

幸好,他们的纠结马上得到解决了,只见那个高高在上的汉安帝从龙椅里站了起来，走下台阶，迎向客人，他走到万卡面前，激动地说："谢谢神仙公子救活了长青村村民！"

万卡不卑不亢地说："陛下不要客气。救治病人是每一位大夫的天职，我只是尽了一名大夫的责任罢了。"

汉安帝一脸的急切，看向万卡恳切地说："现时疫症蔓延，我国已到了十分危险的时刻，恳请神仙公子出手，救我大汉千万百姓。"

万卡点点头，取出写有治疗流感的处方，说："皇帝陛下，这就是治瘟疫的药方，还有服用方法。"

皇帝大喜，竟不顾自己身份，向万卡作了一揖："谢谢神仙公子！"

他双手颤抖着，接过药方，又大声命令道："给四位赐座！"

"是！"四名小太监应声出来，很快搬来四张椅子，摆在右边大臣的前面。万卡四个人毫不客气地坐了。

汉安帝回到龙椅坐定，对站在右边头位的一名老臣说："陈丞相，有关治疗瘟疫一事，由你全权负责。你迅速从太医院和御医局选派大夫前往各地，朕希望尽快扑灭疫病，不要再有人死亡。"

　　陈丞相从太监手里接过药方，朝汉安帝深深下拜，激动地说："臣定不负陛下所托。臣会在今日内派遣医疗队伍，带同神仙药方前往各地救治患者，让百姓早日脱离苦难！"

　　汉安帝挥挥手，说："朕相信你能办好。救人要紧，你赶快去安排吧！"

　　陈丞相朝汉安帝深深地一揖，然后走出了大殿。

　　汉安帝又满脸笑容地对万卡说："神仙公子，听说另外还有祥瑞献给朕？"

　　万卡站起身，说："是的。另有一物，能作为主食，解决国内饥荒。"

　　万卡回头向吕太监示意，吕太监点点头，走出大殿，叫两名侍卫把一箩筐马铃薯抬了进去。

　　万卡从箩筐里拿出一个马铃薯，说："这叫马铃薯。"

　　汉安帝从龙椅上站了起来，走下台阶。他弯腰从筐里拿起一个马铃薯，好奇地端详着。

　　这石头一样沉甸甸的东西，真的像徐将军的奏章中提到的，能吃，还能再种植？

　　汉安帝对万卡说："能否请神仙公子介绍一下这祥瑞。"

　　万卡点点头，说："可以。"

　　万卡举着手中马铃薯给大臣们看，介绍说："马铃薯含有大量的淀粉，能为人体提供丰富的热量，又富含蛋白质、氨基酸及多种维生素、矿物质，尤其是维生素含量是所有粮食作物中最多最全的……"

尽管万卡说的很多词语，让皇帝和大臣们感到陌生和不理解，但起码听明白了，这马铃薯是一种能满足人体需要的理想食粮。

万卡继续说："马铃薯很容易种植，而且产量大。一般情况下，一亩地都可以收成两千公斤，如果有适合的土地和合理的管理，还能使亩产达到五千公斤以上。马铃薯从播种到收成所需时间不长，三月份或九月份播种，三个月左右就可以成熟……"

万卡还没介绍完，大殿里就沸腾得像个菜市场，不管是汉安帝，还是众大臣，全都惊喜若狂。

"亩产五千公斤？！天啦，我要疯了！"

"三个月左右就可以收成，那现在开始种，几个月后百姓就有吃的了！"

"还含有那么丰富的营养……"

大臣们三个一堆，五个一群，激动得手舞足蹈、口沫横飞。

而汉安帝就下死劲地瞅着手里的马铃薯，像要把它看出一朵花来。想到三个月后就能长出马铃薯，长出后又可以用作种子再种下，长出更多的马铃薯……

汉安帝眼前出现了一座不断上升的马铃薯山，这座山越长越高、越长越高，全国人民怎么吃也吃不完，他不由得哈哈大笑起来。

大臣们也跟着笑，一时间，大殿里欢声笑语、喜气洋洋。

"太好了，真是太好了！"汉安帝只觉得这段日子的郁闷一扫而空，他忍不住又朝万卡作了一揖，说，"朕替天下万民，谢过神仙公子！"

万卡急忙回礼，笑道："陛下不必客气。"

"要的要的。"汉安帝眉开眼笑地说，然后又问，"请问神仙公子，可否给我的农官教授马铃薯种植法？"

万卡微笑点头："当然可以。你可以把有关人召集来，我给他们上一课。"

汉安帝大喜，又再向万卡作揖感谢，然后喊道："大司农何在？"

一名中年大臣应声而出："臣在！"

汉安帝意气风发地一挥手："你，尽快选出十名农官，向神仙公子学习马铃薯种植法。然后找一块合适的土地，把马铃薯种上。"

大司农应道："臣遵旨！"

有位官员出班说："陛下，能否煮些马铃薯，让我们尝尝味道。"

"不可以！神仙公子送来的东西，一定是美味的。"汉安帝坚决地摇头，"这些马铃薯要留作种子，用于再种植，一个也不能少。"

说完又扭身悄悄对身边的吕太监说："给我留几个。"

吕太监用手捂住半边嘴，小声回应："是，陛下。挑几个大的。"

汉安帝满意地点了点头，坐正身子，又对万卡等人说："几位连日在隔离营救治病人，一定很辛苦了。各位先去荷芳苑休息一下，待朕退朝，再去找神仙公子请教。"

万卡点头应允，四个人跟着吕太监离开了大殿。

第 *10* 章
皇帝的抉择

荷芳苑里，四人组各干各的。

万卡在写着种植马铃薯的方法，准备在给农官上课时发给他们；小岚站在万卡身旁，一边给他磨墨，一边瞧他写的东西。她对种植马铃薯还挺有兴趣的；晓星在一边玩着一个九连环。来到这时空的古代，没有网络没有电子游戏，还挺无聊的；而晓晴就从花园里摘来了一堆花，站在镜子前，这里插一朵，那里插一朵，忙得不亦乐乎。

"嘿，太难了，解不开！"晓星把九连环一扔。

闷得无聊的他，看了看站在镜子前的姐姐，怪声怪气地说："姐姐，别插了。你不知道吗？插一朵花是美，插两朵花是臭美，插三朵花就成傻大姐了。"

晓晴回头，瞪眼："臭小孩，看我打你！"

晓星赶紧指着外面："皇帝来了！"

"啊，哪里？哪里？"晓晴赶紧收起爪子，变回小淑女。

看向门外，果然见到不远处汉安帝在一班卫士和太监簇拥下，朝荷芳苑走来。晓晴赶紧把花取下来，只留了一朵，然后跑到门口，等候帅帅皇帝的到来。

咦，怎么又停下了。有人跑到汉安帝身边，说了些什么，汉安帝神色大变，他对身边的吕太监说了句话，然后脚步匆匆地走了。

晓星伸着脖子看了看，说："好像发生什么事了。汉安帝很慌张呢！"

又见到吕太监匆匆忙忙地跑了过来，边跑边喊："神仙公子，救命啊！救命啊！"

救命？！荷芳苑里的人都惊讶地望向跑近的吕太监。只见吕太监气喘吁吁地跑进来，对万卡说："神仙公子，快救小太子！"

万卡马上放下手里的笔，站了起来："小太子怎么啦？他在哪里？快带我去！"

"是！"吕太监继续喘着大气，转身跑出屋子。

万卡跟着吕太监走了，小岚和晓晴、晓星也跟在他后面。

一边走吕太监一边讲给万卡听："小太子骑的马受惊了，小太子摔了下来，被马踩了，昏迷不醒。现在太医令带着一班太医正在救治。"

万卡问："有可见的外伤吗？"

"外表没有。但小太子一路喊痛，后来还昏过去了。"吕太监说着话，脚下却一点不受影响，仍然快走如风。

万卡眉头紧皱，看样子很可能是腹腔内脏受损，需要打开腹腔进行缝合修补或者切除受损器官。这样的手术万卡读医科时学过，手术难度不大，但是，在这落后的古代就比较麻烦了。

吕太监把万卡四人引到一处堂皇的宫殿，那就是小太子住的东宫。

大门处就见到许多禁卫军在守着，每个人的脸都是紧绷着的。还有隔几步就一个的太监宫女，全都低头站立，大气不敢出，随时准备被传唤。

沿着长廊左拐右弯，终于来到小太子的寝室。吕太监等不及禀报等传唤，径自带人走了进去。

小太子的寝室里，汉安帝和皇后，还有四五名太医正焦虑地围在床边，看着床上的小太子。小太子年约八九岁，样子清秀，是个漂亮可爱的小男孩，一名白头发的太医，正在弯腰查看小太子的伤势。

大汉国设太医院和御医局，太医院专管医治宫内皇亲，最高长官是太医令。御医局专管医治宫外大臣，最高长官是御医丞。这位白发太医就是吕太监所说的太医令。

人们都紧张地看着，没发觉有人进来。而进来的万卡等人也不想打断太医令诊症，静静地站在一边。

太医令看完小太子的伤势，又拿起小太子的手，闭起双眼给小太子把脉。又过了一会儿，他站了起来，对汉安帝摇了摇头。

"他们的诊断没错。"太医令看了看另外几名太医，又看向汉安帝，"小太子已经伤及脏腑，无法活过今晚了！"

在古代，对于这种身体内部器官受伤的情况，几乎所有大夫都会认为是不治之症，没有人胆敢破腹修补的。原因主要是过不了麻醉关、感染关和止血关。

汉安帝脸色瞬间变得惨白，而旁边的皇后就惨叫一声，直接昏倒了。这位太医令的医术，是公认最高明的，所以，他说没救就是最终定论。

"皇后，皇后！"汉安帝抱住皇后，喊着。

　　一时间大乱，几名宫女太监把皇后抬到旁边一张卧榻上，两名太医赶紧上前救治。

　　混乱中，万卡走到小太子床边。只见小太子紧闭双眼，一张小脸灰灰黑黑的。他呼吸急促，人已经休克过去了。

　　万卡拿起小太子的手，细心诊脉。然后又撩起小太子的衣服看了看，然后说："小太子还有救！"

　　"真的？！"

　　"什么？！"

惊喜的声音和质疑的声音同时响起。

汉安帝一把抓住万卡的手，惊喜交加："真的吗？我皇儿有救？！"

万卡点点头。

汉安帝仰天大叫："天不亡我也！"

但其他太医却很不友善地盯着万卡。太医令满脸不屑地问道："这位公子，你是什么人？"

"他就是治好了疫症病人的神仙公子！"汉安帝说。

"原来治好隔离营病患的人就是他！"

"好年轻啊！"

"那或者真的可以治好小太子呢！"

太医们议论纷纷。

原先去隔离营的是御医局的大夫，这些太医院太医全都没见万卡，只是听闻有位神仙公子很厉害，把瘟疫病人治愈了。见到万卡这样年轻，都很是诧异。原先，他们都以为是位七老八十的老中医呢！

"这位公子能献出治瘟疫的良方，实乃我国百姓之幸！"太医令摸摸须子，又说，"但是，这种看不见的内脏受伤，历来是不治之症，不知公子有什么妙法？"

万卡自信地说："动手术，剖腹，找到破损的脏器，进行缝合。"

"剖腹？！"在场的人除了小岚和晓晴、晓星之外，全都惊叫起来，一个个的嘴巴张得可以塞进一只鸭蛋。

太医令用颤抖的手指指着万卡说："你你你你你……"

"你"了好久，才说出话来："你哪是什么神仙公子，魔鬼公子才对！剖腹？人被剖开肚子，还能活吗？！"

晓星是万卡哥哥的"死忠粉"，见到自己的偶像被质疑，很生气，大声说："怎么就不能活了，开刀动手术是很简单的事。还说是太医呢，连这些都不知道！"

"你你你你……"太医令见到一个比万卡更小的孩子反驳自己，气得胡子一翘一翘的。

汉安帝听到要替自己儿子剖开肚子治伤，也吓得目瞪口呆，内心十分抗拒。但又想，这位是神仙公子啊，连疫病也可以治愈，自己得相信他。也许他真的可以救小太子呢！不过，用刀子割开肚皮，在肚子里缝合破损脏器，那也太可怕了吧！

汉安帝看着躺在床上一动不动的儿子，心乱如麻。他问万卡："神仙公子，你说的那个什么……手术，成功的可能有多大？"

万卡想了想，实事求是地回答："不好说。"

任何手术都有风险，更何况是在没有正规的手术室，没有正式的手术用具，也没有相应药物的古代。万卡愿意做，也算是艺高人胆大了。

汉安帝心如刀割。连神仙公子都没把握，可怜的皇儿，难道父皇真的要失去你了吗？你可是朕江山的继承人啊！

汉安帝除了皇后之外，后宫还有许多妃嫔，前前后后生了十多个儿女，但因为古代医学落后，幼儿死亡率高，只活下来一个儿子和五个女儿。没想到，现在唯一有继承权的儿子又遭厄运，危在旦夕。

汉安帝心中悲痛，不禁泪如雨下。

"陛下，陛下，皇儿怎么了？难道……"这时皇后醒来了，见到汉安帝流眼泪，不禁大惊。她跟跄着朝小太子床边扑去，用手探探儿子的鼻息，发现还有呼吸，这才放了点心。

"皇儿，怎样才能救你呢？母后好心痛啊！"皇后抓着小太子的手，哀哀痛哭。

汉安帝看了看万卡，对皇后说："这位就是治愈了一千多名瘟疫病人的神仙公子。神仙公子说，他可以试试动手术，医治皇儿。"

皇后迷惘地看着万卡，问："动手术？"

万卡说："小太子的情况，应是内脏破裂，做手术就是把破损的脏器修补缝合，这样才能救小太子的命。"

太医令哽咽着喊道："皇后娘娘，万万不能啊！动手术要剖开肚子，这样人还能活吗？小太子现在这样离去，还可以保留完整的身体，如果做手术，身体就会残缺不全，小太子也死不瞑目啊！"

皇后看着汉安帝，哀伤地说："陛下，怎么办？"

汉安帝咬咬牙："横竖都是死，为什么不搏一下呢！做手术吧！"

皇后悲伤的眼神渐渐变得坚定起来："好。就这样定了！"

她望向万卡，说："公子，哀家把小太子交给你了，请务必救他一命。他……他还这么小，太可怜了！"

皇后说完，泪如泉涌。

万卡朝皇后作了一揖，说道："请放心，我会尽全力救治小太子的。"

万卡对汉安帝说："可否借些医具一用？"

汉安帝指指一名太医："把你的出诊箱给神仙公子。"

那个太医看了看太医令，犹犹豫豫地把自己背着的箱子，交给万卡。

万卡打开箱子，说："我现在要把小太子救醒，以确定受伤的位置。"

他打开出诊箱，从里面取出金针，仔细消毒之后，刺入小太子身上穴位。

过了一会儿，小太子呻吟了几声，醒了。只是人一清醒过来，就马上感觉到腹部剧烈的疼痛，他大喊一声，蜷曲着身子惨叫起来。

"皇儿，皇儿！"汉安帝两夫妇心痛地叫喊着冲向床边。

万卡对汉安帝夫妇说："请你们冷静，让开一点我好作诊断。"

汉安帝流着泪，把皇后拉离了小太子身边。

万卡让小太子把身体躺平，只是小太子因为太痛，还是不断地扭动身体，不肯让万卡检查。小岚走上前，说："小太子是个勇敢的孩子，对不对？"

谁不想承认自己是个勇敢的孩子啊！小太子的哭声顿了顿，他看了小岚一眼，见到是个又可亲又漂亮的小姐姐，便哽咽着"嗯"了一声。

"我就知道！那咱们暂时忍一忍，让大夫哥哥检查一下身体，好不好？大夫哥哥要给你治病呢，他很厉害的，他一定能把小太子治好。"小岚说着，上前温柔地拉着小太子的手，"勇敢的孩子不怕痛，要是忍不住了，你就使劲抓我的手。"

小太子尝试回握小姐姐的手，发觉很温暖很柔软，他使劲抓住，觉得好像不那么痛了。

万卡赶快用手去按小太子腹部，一边说："小太子，我现在要查清楚你什么地方受伤，我按压你的腹部，你把最痛的地方告诉我。这里痛不痛？"

"痛，好痛！"

"这里呢？"

"痛，痛死了！"

"这里呢？"

"啊……好痛好痛好痛！！"小太子尖叫起来。

当万卡摸到小太子左上腹部时，小太子痛得整个人发抖，尖叫道："不要按，不要按，痛……"

从痛的部位和疼痛情况来判断，万卡确诊为脾破裂！

脾是腹部内脏中最容易受损伤的器官，发生率几乎占各种腹部损伤的百分之二十到四十。脾脏的血量丰富，脾脏破裂总是伴随着大出血，死亡率是极高的。

小太子四肢发冷、腹部微胀，看样子已经出现内出血，必须马上手术修补或者切除。但是，要先解决内出血问题，因为现时没有输血设备，小太子多流一些血生命就多一分危险！

"皇儿，皇儿！"汉安帝夫妇见到小太子痛苦的样子，都快疯了。

万卡没理会他们，只是默默地看着小太子，心里想着治疗方案。

第 *11* 章
小岚成了止痛药

　　首先要做的是替小太子止血。万卡突然想起，自己之前上山采药治流感时，摘了一些中草药——三七，三七粉就是很好的止血药。当时是因为怕小岚伤口再出血，特地采了回去晒干，磨成粉备用。结果小岚伤口愈合情况良好，所以没用上，现在正好用在小太子身上。

　　万卡请吕太监拿些温开水来，把三七粉调成药汤，然后对小太子说："这是止血的药，有一点点苦，但喝下以后受伤的地方就不会出血了。"

　　小太子这时痛得满头冷汗，只是为了让自己像个勇敢的孩子，才咬紧牙关没再喊痛，见到万卡要喂他喝药，便

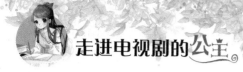

嚷道："我要小姐姐喂！"

万卡忙把碗交到小岚手里，说："好，你来喂小太子，我去准备手术要用的东西。"

万卡开始做手术准备。因为之前替小岚做过一次手术，所以他已经有了经验，知道怎样就地取材找代用品。吕太监在万卡指点下找来刀具、镊子等器械，又叫人抬来一只铁锅，准备烧开水消毒，然后找来一件干净的白色长袍、两块分别充当口罩和头巾的面巾。

万卡又开出四个中药方子，第一个方子是预防在手术中出现休克的，由人参、熟附子、干姜、肉桂、甘草等药物组成的人参四逆汤；第二个方子是用曼陀罗、香白芷、川芎等配制了的内服麻醉剂；第三和第四个方子分别用作抗菌消炎和止痛。

太医令已经拂袖而去，说不想看万卡胡闹，几个太医留了下来，明面上说是替太医令守着，不让万卡做出太匪夷所思的行为，但实际上，也想看看这位神仙公子是否真的可以创造奇迹。

但万卡却不给他们这个机会，因为不想留那么多闲杂人等在手术室里，增加污染的机会。他只留下了小岚，其他人统统要离开小太子寝室，连皇帝夫妇都不许留下。

人们离开后，万卡把小太子抱到一张消过毒的小床上，吩咐小岚给小太子服下抗休克的人参四逆汤。

等了一会儿，见到小太子昏昏睡去，万卡摸摸他身上温度，又把把脉，然后让小岚把麻醉汤药给小太子灌了进去。

做好一切准备后，万卡对小岚说："小岚，你也出去吧！"

小岚愣了愣："不，我留下来帮你。"

万卡摇摇头说："你能帮的已经帮完了，留下来也没用。听话，出去吧！"

"哦。"小岚怏怏不乐地答应了。

她很明白这场手术不好做。这跟之前万卡给自己做的拔箭手术不同，这可是开腹大手术啊！如果出现感染，最严重的后果是病人在手术中死亡。她本来很想留下，哪怕是给万卡分担一点压力也好。

小岚不知道，其实万卡不让她留下还有另外的原因。

万卡把小岚送到门口，拉开门让她出去，然后把门关上了。

万卡开始给自己消毒，并且穿上干净的白袍，用面巾蒙上口鼻，还有包住头发。他坚决不让小岚留下，不仅是

因为怕增加细菌感染的可能，最重要的是怕手术中小太子不幸死亡，那时被安上一个"庸医杀人"的罪名，任你什么神仙公子神仙弟子也难逃一死。所以，他一定不能让小岚冒这风险。

经测试确认小太子已经被麻醉，万卡把经过高温消毒的刀具、镊子、剪刀等东西从锅里拿了出来，放在消过毒的盘子上，全神贯注地开始手术。

这时，被赶离太子寝室的人都没有离开，全都站在门口，心急如焚地等待着。

皇后一直都没停过掉眼泪，一双好看的眼睛都肿了，她一直无力地靠着皇帝站着。汉安帝嘴里不住地安慰她，但其实他脸上的担心、焦虑不下于皇后。

小岚和晓晴、晓星三人站成一列，眼睛都定定地盯着寝室大门，都想第一时间见到万卡打开门走出来。他们担心万卡，都知道万卡这场手术是冒着很大风险。他们也担心小太子，这小孩子其实挺可爱的，如果小小年纪就没了，那就太可怜了。

时间在焦虑中过去，半小时，一小时……

"皇儿怎么了，手术怎么还没完！我要进去看看皇儿！"皇后突然尖叫起来，失控地朝寝室大门奔去，使劲拍打着，

"开门，开门哪！我要进去！"

汉安帝拉不住皇后，内心焦急，竟也跟她一起敲着门："神仙公子，把门开开，我们要进去！"

里面没有回应。手术中的医生，眼里只有病人，只有病人的安危，所以，即使天塌下来，也不会理睬的。

皇帝夫妇见里面没回应，更急了。皇后哭着说："不开门，他不开门！难道是皇儿出事了？皇儿啊，你不可以有事啊！"

汉安帝也慌了，他大力拍门："神仙公子，你快开门，再不开我叫人来砸门了！"

见里面的人没反应，他一咬牙，喊道："来人啦！"

一直在门外戒备的一队卫士立即跑了进来。

小岚刚想走过去劝阻，却听到大门咿呀一声打开了，显得有点疲倦的万卡走了出来。他一边解开头上的面巾，一边说："手术做完了，很成功。"

"啊，谢天谢地！"

门外的人异口同声喊了起来。

"皇儿！皇儿！"皇后拉着汉安帝的手就想进去看小太子。

"慢着！"万卡拦住他们，"手术后更要防止细菌感染，如果感染了，手术成功也没有用，照样有生命危险。所以，

要接近病人，要先套上干净衣服，要洗手，否则只能远远地看。"

"好，好，来人哪，伺候更衣、洗手！"汉安帝喊道。

一群宫人拥着皇帝、皇后去旁边的房间更衣洗漱了，其他人就直接从太监手里接过袍子往身上套，又在他们捧来的、装有消毒中草药水的盆子里洗了手。

做好准备后，一群人就跟着万卡走回小太子寝室。床上的小太子安静地睡着，呼吸很平稳。几名太医细细观察小太子的脸色，心里惊喜交加，才知道原来世界上真有剖开肚子做手术这种治病方法的。

"万卡哥哥，你好棒！"晓星拉着万卡的手，朝他竖起大拇指。

晓晴眼里冒着小星星："万卡哥哥，你这是自古以来的第一台开腹手术吧！比我们那个时空的华佗和扁鹊还厉害呢！"

小岚松了口气，犹有余悸地说："刚才皇帝和皇后在门口闹，没有影响到你做手术吧？过程顺利吗？"

"没有影响到，我这点定力还是有的。"万卡笑着说，"幸亏准备工作做得好。剖开时肚子里面真的很多血呢！幸好小太子之前喝了有止血作用的三七粉，后来流得不多。

脾脏损伤不算很严重，我已作了修补，不用切除。"

小岚脸上露出欣喜："这对小太子来说真是个好消息啊！一个人如果没了脾，可能会导致免疫力下降，身体健康会大受影响的。"

晓星也不管那些太医在，得意地说："这回肯定把那太医令气死！刚才他对万卡哥哥很不友好啊！"

万卡笑着说："这也很难怪他。因为这年代还没有过这样的剖腹手术，他难以接受也情有可原。"

这时候，汉安帝和皇后换了衣服匆匆回来了。他们走到小太子床边，看着沉睡中的儿子，激动得又流下了眼泪。

皇后擦了擦眼泪，问万卡："神仙公子，麻醉药还没过吗？太子为什么还不醒？"

万卡说："麻醉药应该过了。不过我刚刚灌了他一些助睡眠的药，让他好好休息，这样有助他伤口恢复。"

"谢谢公子。"皇后想了想又忧心忡忡地说，"麻醉药过了以后，伤口会痛吗？有没有一些止痛的药？"

万卡耐心地回答着："有的，抗菌消炎和止痛的药，我已经开了方子给吕公公，让他预先准备了，等会就给太子服用。"

汉安帝感激地说："谢谢神仙公子想得那么周到。这回

你救了我皇儿一命，叫朕怎么感激你好呢！"

万卡笑道："有了你们的信任，我才有机会给太子动手术。如果要感谢的话，感谢你们自己好了。"

万卡说的是真心话。在这古老的年代，能有这样的胆魄去接受闻所未闻的开腹手术，实在是需要很大的勇气的。

汉安帝有点不好意思地说："其实我也有过犹豫的，因为活生生地被剖开肚子，实在是太骇人听闻了。后来想到你连瘟疫都能治好，我还有什么可犹豫的呢！所以我决定信你。反正这回你又立大功了，之前的两个大功，治瘟疫、献马铃薯，现在又加上救了太子，这样的大功德，让朕怎么赏你才好呢！"

万卡摆手说："不用奖赏。能够帮到陛下，帮到贵国百姓，我很开心。"

汉安帝十分感动，他忍不住又朝万卡作了一揖："神仙公子医术精湛、行为高尚，真乃国之大医也！"

晓星在一旁看着汉安帝，好像有什么话要说。汉安帝笑问道："晓星小公子，可是想朕赏你些什么？"

晓星两眼发光，点头点头再点头："嗯嗯嗯！"

汉安帝说："尽管说给朕听，朕赏给你。"

晓星摸摸肚子，说："我饿了。"

汉安帝愣了愣，继而不好意思地说："哎呀，一直担心太子的事，把晚饭都忘了。来人哪，送四位客人回荷芳苑吃饭！"

晓星得意地竖起两根手指："耶！"

汉安帝和皇后要守着小太子，叫人送了他俩的饭菜来太子寝室吃。万卡等四个人在荷芳苑吃完饭后，也担心小太子，所以又赶紧回到东宫。刚进太子寝室，就听到皇后惊喜的声音："醒了，皇儿醒了！"

大家急忙走到床前。只见小太子睁开了那双又圆又大、但有点迷惘的眼睛，呆呆地看着面前的人。

"皇儿，你觉得怎么样？肚子痛不痛？"皇后问着，一脸的慈爱和担心。

小太子好像还有点糊涂，眼珠动了动，小声问道："我这是怎么啦，好像睡了很久。"

汉安帝见到小太子状态不错，心里很激动："皇儿，你不记得吗？你被马踩伤了，是神仙公子替你做了手术，把你救了。"

小太子似乎记起来了，他小声哼哼几声，撒娇说："我痛，肚子痛。"

皇后一听，急得朝万卡叫了起来："不是已经喝了止痛的汤药了吗？怎么还会痛？"

万卡有点无奈地说："不可能一点都不痛的，毕竟是经过一场手术。"

汉安帝心疼儿子，问道："很难受吗？"

"嗯。"小太子苦着脸说。

拿什么帮助你，皇儿！威严的皇帝和端庄的皇后急得全没了仪态，一个挠头一个抓耳，不知怎么办才好。

"我要小岚姐姐！"小太子伸手指着站在稍后面的小岚。

"啊？"小岚有点不明所以。

小太子见小岚还不走过来，委屈地说："你刚才不是说，如果忍不住痛，就抓紧你的手吗？"

"噢！"小岚这才想起来，心想我怎么成止痛药了！

好吧，就给你抓好了。

小岚走了过去，朝小太子伸手。小太子握着，咧开嘴笑了："肚子痛得不那么厉害了。"

皇后和汉安帝这才松了一口气。

皇后急忙叫人搬来一张凳子，摆在小太子床前，让小岚坐下，又对小岚说："小妹妹，太子跟你有缘，就请你多费心，陪陪我皇儿吧！"

小岚撇撇嘴，心想这回穿越时空，穿成保姆了。

第 *12* 章
本太子肚子又痛了

　　穿越来到异时空的大汉国，不知不觉已经度过了大半个月。万卡是在忙碌中度过的，因为汉安帝每天都要找他商量流感疫情，还有马铃薯栽种问题。

　　小岚也很忙，因为她被小太子赖上了。每天大清早，小屁孩就坐着木制的轮椅，让小太监推着来到小岚他们住的荷芳苑，在大门口大喊"小岚姐姐，本太子肚子又痛了！"肚子痛似乎已经成为他赖着小岚的最好借口了。

　　鬼才信呢！肚子痛还能喊得那么气壮山河？！

　　这些日子，简直是小岚的噩梦。小屁孩以"肚子痛"为依仗，每天要小岚陪着，把手给他拉着。小岚只好用讲西游记故事给他听，把被抓得快要抽筋的手拯救出来。可是没想到，又是另一个噩梦的开始。

小太子被那只会七十二变的猴子迷得七荤八素的，每天像催命鬼似的追着小岚，恨不得小岚一天二十四小时给他讲西游记故事。只要小岚一停下来，他就按着肚子大声嚷嚷叫痛。

"小岚姐姐，我肚子痛！"小屁孩在门外不屈不挠地喊着。

"骗谁！肚子痛说话中气这么足？"晓星气不过，跑出来跟小太子理论。

小太子哪会把这比自己大不了多少的家伙放在眼里，他哼了一声："废话！我是肚子痛，又不是嗓子痛！"

"你你你……"晓星哪受得了别人这样怼他，很生气，"我就是不让小岚姐姐给你讲，怎么样！"

"你凭什么不让小岚姐姐给我讲故事？"小太子脖子朝前伸着，气冲冲的，像只想打架的鹅。

"因为小岚姐姐是我的，我不让她给你讲！"晓星也伸长脖子，怒气冲冲的，像只不怕打架的鹅。

"不害羞，小岚姐姐是我的！"

"不要脸，小岚姐姐是我的！"

"我的！"

"我的！"

两只鹅，噢，不，两个小屁孩就这样你啄我一下我啄你一下，火花四溅，战况激烈。

推着轮椅来的小太监见到晓星跟太子殿下对骂，吓得脸如土色。这小子吃熊心豹子胆了，太子殿下是你能骂的吗！

"你……"小太监正想上前斥责晓星，却被小太子一瞪眼制止了。

小太子吵得正兴奋呢！因为他在大汉国是一人之下，千万人之上，从来没有人敢跟他吵架，没想到吵架是一件这么有趣的事！你来我往，你一句我一句，针锋相对、唇枪舌剑，简直是太痛快了！

"吵死了！"小岚大清早被小太子吵醒，已经很不高兴了，没想到晓星又来凑热闹，便气呼呼地跑出来，想把这两小屁孩臭骂一顿。

"小岚姐姐你来了！"小太子一见到小岚，高兴极了，"都是晓星这家伙不好，一大早就惹我生气。"

小岚生气地说："你也不好，一大早扰人清梦！"

"呜呜呜，小岚姐姐怎么可以说我不好！你不喜欢我了？小岚姐姐你别不喜欢我！"小太子挤了半颗眼泪出来，然后又用手捂住肚子，"小岚姐姐，人家已经很惨了，人家肚子被修理过，人家肚子又痛，你怎么可以这样对我。呜呜呜……"

"哎呀，别哭啦，怕了你了！"小岚就是心软，想到小太子身体刚受了那么大的创伤，就再也不忍心说他了。

"那你给我讲故事好不好？"小太子即时不呜呜了，眼睛亮亮地看着小岚。

"今天咱们不讲故事，今天去看万卡哥哥种马铃薯，好不好？"小岚说故事说到嗓子痛，所以想转移小太子的兴趣。

昨晚听万卡哥哥说，种马铃薯的地已经平整好了，而用来做种子的马铃薯也已经发了芽，可以种了。今天汉安帝会亲自去地里主持种植，万卡哥哥也会一起去。

"种马铃薯？！好啊好啊，我喜欢看种马铃薯。"小太子显得很雀跃。

小太子是个很好奇很好动的儿童。

马铃薯试种的地方就在皇宫里。因为汉安帝想看着马铃薯的生长过程，而他又没可能常常外出，所以就把一块本来种花的地用来试种马铃薯了。

　　小岚和晓晴、晓星，还有由小太监推着的小太子，很快去到了马铃薯地。种植还没开始，一班人正按万卡的指点，把马铃薯切成几块，每块上面保证都有两到三个小嫩芽。

　　汉安帝见到小太子，马上眉开眼笑地走过来："皇儿，怎么来了。今天肚子没痛吧？"

　　小太子拉着小岚的手，笑嘻嘻地说："有小岚姐姐在，我肚子不痛。"

　　汉安帝宠溺地摸摸小太子的头，又对小岚说："小岚姑娘，谢谢你了。"

　　小岚有点无奈，只好笑笑说："不用谢，太子的肚子不痛就好。"

　　这时万卡也过来了，他笑着看着小岚，正想跟她说什么，但小太子已经抢着说话了："神仙哥哥，我来看你种马铃薯呢！"

　　他又好奇地指着那些切成一块块的马铃薯，说："这样就可以种了吗？"

　　万卡点头说："是呀！"

　　小太子又问："那什么时候能有马铃薯吃呢？"

　　小太子说着咽了一下口水。之前汉安帝煮了一个给他吃，他喜欢得不得了，嚷嚷着还想吃。只是汉安帝说要留着作种子，没再给他。但他从此就惦记上了，心心念念等以后有收成了，一定要吃个痛快。

万卡告诉他说："三个月左右吧！"

小太子拍手道："好啊！三个月后，我们就大吃特吃，水煮马铃薯、红烧马铃薯、烤马铃薯、炖马铃薯、煎薯饼、炸薯片……"

之前晓星跟他说过马铃薯的多种吃法，现在小太子逐一数着，口水都流出来了。

"哼，还说我馋呢！这里还有一个更馋的。"晓星拉着小岚的手，说。

小岚哼了哼，说："大哥别说二哥，两个都差不多！"

"公子，已按你吩咐，把马铃薯切开了，请问种植可以开始了吗？"大司农走过来问万卡。

"可以了。"万卡检查了一下切开的薯块，点了点头。

大司农走到汉安帝面前，拜了一拜，说："请陛下主持播种仪式。"

汉安帝点了点头，走到早已准备好的香案前面，接过大司农手里点着的一束香。他双手持香，朝天上拜了三拜，说："感谢上苍,赐朕神物。望上苍保佑马铃薯能获得大丰收，救万千百姓于饥饿之中。"

汉安帝拜完，把香插在香炉里。接着，有太监把汉安帝扶着走进了地里，汉安帝亲手种下了第一块马铃薯种苗。跟着，大司农带着众官员，也都各自亲手把种苗种下。之后，雇来的农夫们便开始走进地里，种植马铃薯了。

小岚及晓晴、晓星，也都跑进了地里。亲手种植农作物，他们还是第一次呢，觉得好新鲜好有趣。

万卡在一旁教他们："先将种苗放在土壤里，记得每块种苗之间距离约二十五厘米，放好后用少量的薄土覆盖……"

小太子在田边见了，急得抓耳搔腮："我也要种马铃薯！"

晓星得意扬扬地说："算了吧，坐着轮椅还想来凑热闹！"

小太子嚷得更大声了："不，快来帮我，我也要种马铃薯。"

晓星走过去，把一块种苗放到小太子手里，让他抓一抓，又拿回来，然后蹲下把薯苗种上："好了，这马铃薯就当是你种的啦！"

小太子怒气冲冲："气死我啦，我只抓了一下，怎能算

是我种的呢！"

小太子说着就从轮椅上站了起来，想往地里跳，吓得一众宫女太监赶紧按住他。

"我要去种马铃薯！我要去种马铃薯！"小太子撒起泼来。

"皇儿，别淘气，你伤口还没好，不能多动的。等几个月后，马铃薯能收成了，让你来收马铃薯。哇，好大的马铃薯，那更好玩呢！"汉安帝哄儿子。

"我就是要种，要种要种要种……"小太子哪是那么好糊弄的，他使劲地跺脚、扭腰。

汉安帝苦着脸看着熊孩子在那里耍赖，一脸的无奈。

小岚看不过眼："太子，要乖！"

小太子眼珠子转了转，笑嘻嘻地说："小岚姐姐，如果我乖的话，你能带我去烧烤吗？"

之前小岚组织了一次野外烧烤，小屁孩喜欢得不行。自己动手做吃的，又是这样的美味，这是一向饭来张口的小太子从没有过的新体验，简直太好玩有趣了。

之后小屁孩又多次央求小岚再去烧烤，但小岚都拒绝了。没想到小屁孩这时趁机提要求。小岚当然……不理他了。

小岚刚要摇头，却见到汉安帝一脸恳切地悄悄给自己作揖，求她答应太子的要求。好吧，皇帝的脸不能不给，暂时答应好了，至于去不去得成，再说吧！

"耶，耶，耶！"小太子听到小岚答应，高兴得振臂高呼。

"耶，耶，耶！"汉安帝莫名其妙地重复了一下，心想，皇儿在说什么呀？

第13章
缠人的小太子

事实告诉我们，小屁孩是不可以哄骗的，何况是太子小屁孩。所以，第二天，烧烤之行只能如期进行了。

浩浩荡荡一行百多人，有乘车的，有走路的，直往皇宫最东面的桃林而去。

啊？哪来的一百多人啊！数手指无非就那么几个人——主要人物小屁孩小太子，陪同人员小岚、晓晴、晓星。一二三四，就四个人嘛，一只手都数不完！另外一百多个是些什么人？

太监宫女？！要那么多太监宫女干吗呀？不多不多。除了有人抬着烧烤炉及各种腌制好的肉类、蔬菜之外，还有：捧痰盂的（小太子要吐痰怎么办）、抬马桶的（小太子要上厕所）、拎衣服的（小太子衣服脏了随时得换呀）、拿伞的（得提防树上的鸟儿拉便便到小太子头上）……哎呀，其实人还不够用呢！

还有那大队侍卫跟来干什么？嘿，当然是负责杀气腾腾、手握刀剑，随时准备击退想谋害小太子的刺客了！

这就是陪小太子出游的麻烦之处了。所以小岚之前带小太子去了一次烧烤就害怕了。试想想，老是有一百多双眼睛在后面盯着你，怎能吃得高兴、玩得开心。

不过话又说回来，也不能怪小屁孩，这其实是皇恩浩荡、父爱如山，一切都是汉安帝安排的。谁叫小太子是汉安帝唯一的孩子，将来大好江山就靠他继承了，绝不能有什么三长两短的！

当下小岚几个就在百多双眼睛的虎视眈眈下，烧着烤着吃着，挺别扭的，一点都不好玩。突然，听到一声婉转的鸟叫，小岚心里一喜。

万卡哥哥来了！刚才他被汉安帝召去商量事情，万卡临走时说，等会儿以鸟叫声为号，小岚到时去桃林深处找他。

小岚当下听到那一声与众不同的、特别动听的鸟鸣，

马上腾地站了起来。她朝晓晴、晓星打了个眼色，然后离开了。小太子正全神贯注盯着一只正在烤得冒油的鸡翅，没发现小岚的离开。

　　小岚朝桃林深处走去。三月的桃花开得正灿烂，满树桃花，满地花瓣，清香扑鼻。不远处万卡站在一树桃花下面，长身独立、朗目星眸，正含笑看着慢慢走来的女孩。

　　一阵微风吹来，

桃花纷纷扬扬落下，其中有几朵，落到了小岚的头上。万卡情不自禁地喃喃说道："美，真美！"

小岚走到万卡面前停下，含笑看着他。万卡朝小岚伸出手，小岚拉住，抓着万卡的手往上一抬，身体灵巧地转了一圈，飞旋的裙子卷起满地花瓣。她然后和万卡并肩而立，欣赏如天上云霞般的桃花。

"真好看！"小岚抬头看着桃花。

"没有你好看！"万卡低头看着小岚。

"万卡哥哥！"小岚脸红了，两颊跟漫山遍野的桃花一样颜色，把万卡都看呆了。

"盯着我干什么？"小岚不好意思地一跺脚。

"因为你好看啊！"万卡笑着说。

"讨厌！"小岚捶了万卡一下。

万卡一把抓住她的小爪子，笑着说："好啦好啦，难得有机会二人世界，咱们静静地散散步，聊聊天。"

万卡说得没错，在隔离营时，身边总是很多人；来到皇宫，又多了缠人的小屁孩太子，他们俩连说句悄悄话的机会都没有。

一想起那个磨人但又很可爱的小屁孩，小岚就又好气又好笑。明明是万卡救了他，但他自手术后醒来后就开始缠小岚，恨不得一天二十四小时跟着她。

小岚舒了口气，总算摆脱小屁孩了。一会儿也好。

万卡伸手，从桃树上折下一枝开得很灿烂的桃花，递给小岚："送给你。"

"谢谢！"小岚开心地接过桃花。嗅了一下，满鼻清香。

两人手牵手走在花海中，衣袂飘起，花瓣纷扬，犹如一对花中走出的神仙。美人，美景，令人沉醉。

突然，就那么大煞风景地响起一个声音："小岚姐姐，你在哪儿？小岚姐姐，我肚子又疼了！"

熊孩子来啦！

万卡和小岚愣愣地看着那坐着轮椅走近的小屁孩太子，目瞪口呆。

"小岚姐姐，送给你！"小太子手拿着一枝桃花，递给小岚。见到小岚手里已拿着一枝，他顺手拿了过来，往地上一扔，然后把自己那枝塞到小岚手里。

万卡的脸立即黑了。小屁孩，那是我送小岚的花啊！

小太子却浑然不觉，笑嘻嘻地朝万卡喊了一声："神仙哥哥。我送给小岚姐姐的花漂亮不？"

万卡心里在吼："漂亮个鬼！"

但理智又让他不可以跟一个熊孩子生气，只好哼了一声，心里在喊："不识时务的小鬼，快走快走快走！"

偏偏小屁孩自我感觉良好啊，他变戏法似的又拿出一只烧好的鸡翅，塞到万卡手里："神仙哥哥，这是我亲手烤给你吃的。神仙哥哥，我是不是很乖啊！你是不是很感动呀！"

追着小屁孩而来的晓晴和晓星，在后面看得直翻白眼。这熊孩子，打扰人家万卡、小岚拍拖还不算，竟然还撒娇卖乖地充好孩子。

真想把他挂在桃树上晒成小人干！

万卡嫌弃地看了看那只烤煳了的鸡翅，然后递给了站在小太子身边的侍卫。小屁孩也不介意，只顾拉着小岚的手叽叽喳喳地说话。

万卡意兴阑珊地扬了扬手："回去吧！"

一众人等看了看小太子，见他没表示反对，便收拾东西，准备离开了。

本来，小太子自己有一辆专用的车辇，但他看到万卡和小岚一起上了另一辆车辇之后，又去凑热闹了。

"我要跟小岚姐姐和神仙哥哥坐！"小太子边嚷嚷着边爬了上去，还一点不客气地坐在了小岚和万卡的中间，然后在座位上一颠一颠地玩。

"喂喂喂，你是得了小儿多动症吗！"小岚打了他一下。

"嘻嘻，嘻嘻。"熊孩子不以为耻反以为荣，倒像得了小儿多动症是多光荣的事，继续得意地颠、颠、颠，就像小屁屁装上了弹簧似的。

小岚和万卡看得眼累心也累，干脆各自扭头看车外风景去了，眼不见为净。

车子经过一幢不大的宫殿，这宫殿前不着村后不着店的，孤零零地建在皇宫最边上。宫殿盖得挺漂亮的，门口上方有个长方形的木牌，上面写着"祥云宫"。小岚觉得有点奇怪，因为看上去也不像是给侍卫宫人住的，为什么盖在这么僻静的地方呢？

"咦！"小岚的眼睛瞬间睁大，因为，她看见有个像猴子一样的东西，在宫殿顶上蠕动着，不禁惊问，"那是什么？"

正在颠小屁屁的小太子好像被按了暂停键一样，突然就坐定，不动了。紧接着他伸手把小岚的眼睛一捂："小岚姐姐，你别、别看，那是疯子，会咬人的疯子！"

"疯子？还是会咬人的！"小岚吓了一跳。

"嗯嗯，好可怕哦！"小太子一脸惊恐。

小岚很想问个明白，但见到小太子害怕的样子，便不好再刺激他。

第 14 章
大医令和太医令

　　第二天早上，小岚和万卡，还有晓晴、晓星在他们住的荷芳苑吃早餐。早餐种类挺丰富的，有不同口味的肉串，有烧饼、蒸饼、馒头等面点，还有桃子、梨子、橘子、枣子等新鲜水果，林林总总摆满食桌。

　　"啊呜啊呜……"吃货晓星大口大口地啃着一个汁多肉厚的桃子，边吃又忍不住要说话，"啊呜啊呜，看来这大汉国跟我们时空的汉代，有很多相同的地方。记得我们上次穿越去西汉，也有这些水果和面点。要是有个西瓜就好了，西瓜解渴。"

　　"如果这大汉国跟我们那个时空的汉朝类似，那现在可能还没有西瓜呢！"小岚剥了一瓣橘子放进嘴里，咀嚼了一会儿，又说，"我看过一本书，说第一次记载有西瓜收成的，是在五千年前的古埃及。而西瓜进入中国，有说是公元四、五世纪，也有说是在公元十世纪。"

晓晴刚吃完一个名叫馒头但实际上有馅的面点，又拿起一个橘子在剥，这时插嘴说："据我所知，好像现代很多水果都是从外国引进的。"

万卡点点头说："是不少。比如苹果是从西欧传到日本，再经过改良传入中国的。火龙果来自拉丁美洲，车厘子是欧洲的，芒果原产地是印度和东南亚一带，蓝莓出自北美……但这些水果的传入，应该都是以后的事了。"

"哇，还是做现代人幸福啊，有那么多好吃的！嘿，突然间诗兴大发，让我作诗一句吧！"晓星说着摇头晃脑地念道，"日啖荔枝三百颗，不辞长做现代人。"

晓晴撇撇嘴说："嘁，是你作的吗？不害羞，把人家苏轼的诗句改改就说是自己的。"

晓星满不在乎地说："咱这是古诗新编，你管得着！"

两姐弟又开始拌嘴时，有宫中小太监来传旨，请他们四位去皇帝和大臣议事的大殿，说有重要事情。

刚好早餐吃完了，于是他们上了小太监赶来的一辆马车。

晓晴拿着小镜子照来照去，说："不知道皇帝哥哥叫我们去，有什么重要事情。"

小岚动动身子，让自己在车子里坐得更舒服点，然后说："跟我们有关系的重要事情，就只有疫症和马铃薯。马铃薯还没到收获的时候，应该就是疫症了。"

万卡点头赞同："我想是好事，疫情应该受到控制了。"

"哗，太好了！那我们在这再玩十来天，就回家好了。没有电脑没有手机，上不了网玩不了游戏，实在太闷了。"晓星说着说着，突然想起了什么，"咦，我们这次是在睡梦中莫名其妙来到这里的，没有时空器，我们怎么回家？"

大家都愣了，是呀，时空器在乌莎努尔呢？无法用它回家。

小岚耸耸肩："别担心。既然是莫名其妙地来，就有可能莫名其妙地回去。上次穿越去唐朝，不就是从树上掉下来就回了现代吗？"

"嗯嗯嗯，不担心不担心。我们有无所不能的万卡哥哥，有天下事难不倒的小岚，我们肯定可以回到现代的。"晓晴向来神经大条，她才不想费脑筋去担心那么多呢！想太多容易生出皱纹的哦。

"我也不担心。即使留下来也不怕，大不了我们像其他穿越者一样，去开发新大陆，建立新国家。那时万卡哥哥仍然做皇帝，小岚姐姐仍然做公主。我嘛，就做首相好了。姐姐做外交大臣。哇，那时我们利用掌握的现代科技，让世界提早几千年进入信息科技新时代，那我们就成了开创历史、推动历史的伟大先驱了！耶！"晓星兴致勃勃地说着，想了想又说，"不过，得先把那小屁孩太子解决掉，太讨厌了。"

想起小太子总和他作对，总是霸占着小岚，晓星就一肚子的气。

晓晴好奇地看着弟弟，说："怎么解决？"

晓星说："做一艘载人飞船，把他放到太空里。"

晓晴哼哼两声："等你做出载人飞船的时候，小太子已经儿孙满堂了。"

万卡听得哈哈大笑，小岚就直翻白眼。

正说着，车子停了下来，原来已经到了皇帝议事的大殿前面。

只见议事大殿内人人笑逐颜开，好像有什么大喜事降临似的。

汉安帝一见万卡四人，便满脸春风地说："四位小卿家来了。来人啦，快给四位小卿家设座。"

四名小太监赶紧搬来四张凳子，放在御阶下面，众大臣之前。

汉安帝对万卡喜气洋洋地说："有两件喜事。第一是神仙公子的抗疫药方已经起了作用，治好了万千百姓，疫情也控制住了。朕谢谢你了！"

万卡微笑点头，说："恭喜陛下！陛下不用客气。"

汉安帝又对站在大臣里的御医丞说："爱卿，这次是你亲自带队前往疫区，你给大家说说情况。"

御医丞出列，朝汉安帝作了一揖，说道："陛下，我们按陈丞相的指示，把御医局派遣的大夫，以及民间大夫志愿者，分成十八路人马，带着药方分赴疫区。当时各疫区疫情已十分严重，患者跟健康人数是八比二。染病的八成人当中已有一成人死亡，所有人都挣扎在死亡边缘，境况令人惨不忍睹。二成人侥幸还没受到感染，但都是危在旦夕，自觉难逃一劫，彷徨等死。我们的救疫队员，一到各地就马上按神仙公子所开处方，购置药材，第二天便开始熬两种汤药，用来治病和防疫。服药第一天之后，患者明显好转，而健康人也没有再被传染上。到臣动身回来时，患者十之八九已经痊愈，再也没有新增病例了。"

御医丞越说越激动，他朝万卡深深地作了一揖，说："自古以来，每当疫症发生，我们大夫都束手无策，只能眼睁睁地看着病人死去，内心那种痛苦和煎熬难以言说。感谢公子送来仙方，帮助我们治病救人，让千千万万濒死的病人得以生还，也使我们终有一天击退瘟疫的梦想得到实现。在下谨代表所有大夫，感谢神仙公子大恩大德！"

议事大殿上几十名大臣，一齐向万卡深深作揖："谢神仙公子大恩大德！"

万卡急忙起立回礼。

汉安帝笑容满脸，又说："第二件喜事就是马铃薯长势喜人，相信必定大丰收。解决全国缺粮的问题已经指日可待。"

议事大殿上几十名大臣，又一齐向万卡深深作揖："谢神仙公子献赠马铃薯，免除老百姓饥饿之苦！"

汉安帝站了起来，说："神仙公子功劳浩大，大汉历史上必留下浓墨重彩的一笔。朕有一个不情之请，希望神仙公子留下来帮朕培训大夫，传授医术，提高我国医疗水平。不知神仙公子肯否？"

小岚和晓晴晓星望向万卡。万卡低头想了想，反正也不知道什么时候才能回现代，趁这段时间教会古代人一些现代医术，让这年代的一些疑难杂症得到有效治疗，也是

一件大好事呢!

"好的,我们可以留下一段时间。"万卡对汉安帝说。

"那太好了!"汉安帝拊掌大笑。他又对站在一旁的吕太监说,"给朕颁旨!"

"是,陛下!"吕太监向汉安帝作了个揖,然后拿出一卷明黄色的圣旨,展开宣读。

显然汉安帝早有准备。

吕太监念道:"奉天承运,皇帝诏曰:今有世外神仙万卡公子,自仙乡来到敝国救苦救难,先是救太子于垂危之中,保朕社稷后继有人。又献仙方将疫症扑灭,救活几百万人性命,仁心仁术、功在千秋。还有献马铃薯祥瑞,解决我国饥荒问题,造福百姓。为表彰其巨大功劳,特封万卡为太医院大医令。"

晓星小声嘀咕着:"大医令?只听过太医令,没听过什么大医令的。这是什么官呀?究竟大医令大还是太医令大?"

吕太监接着说:"小岚姑娘秀外慧中、为人善良,照顾太子功不可没,特封为太子少傅;晓晴、晓星两小卿家,封太子洗马……"

"太子洗马?替太子洗马?!凭什么让我去替小屁孩干

这个呀？"晓星简直气坏了，嘟嘟哝哝地发泄不满。

旁边的小岚忍不住翻白眼。没文化，真可怕！

晓晴在一旁偷笑。她知道什么是太子洗马，因为之前上网查资料，无意中看了一篇名为"历史上最搞笑的官名"，里面有提到这太子洗马。太子洗马不是给太子洗马的，而是辅佐太子、教太子学习政事的文官。但她就是不告诉晓星，让这小屁孩生气去。

一直到散朝，汉安帝都嘴角上翘，笑得合不拢嘴。上天对自己太好了，派了神仙公子等一班神仙弟子来到自己身边，扑灭了疫症，又献了马铃薯，等到在全国推广种植之时，就可永远解决饥荒问题了！

本来还担心神仙弟子不肯留下来呢，没想到这么顺利，全留下来了。现在该是请神仙公子帮助解决一个最令自己头痛的问题了。

那件事，那个人，真是一个尴尬的存在，弄得汉安帝都快发疯了。

怎么开口呢？好丢脸啊！本来家丑是不想外扬的，但是汉安帝又想孤注一掷，希望神仙公子能创造奇迹。汉安帝想了一晚上，决定第二天请万卡四人吃晚饭，席间向万卡探探口风，看他有没有办法帮忙。

第15章
皇帝也八卦

第二天不是上朝日，汉安帝让人拿了些奏章回来，在寝宫里批阅。突然听到呼呼嘭嘭的脚步声，有人急急往自己这里跑来。

汉安帝抬头一看，见是神色慌张的吕太监。吕太监跑到汉安帝身边，说道："陛下，不好了，太医令跟大医令吵起来了！"

"什么太医令、大医令的？"汉安帝瞪着吕太监。

吕太监吓得一哆嗦，说："是程老太医令跟神仙公子大医令吵起来了。"

汉安帝这才想起自己昨天封了万卡做大医令。其实按官制是没有大医令这官职的，只是汉安帝想给万卡在太医院里安排个职位，好让他以后名正言顺地替皇亲国戚治病。不过又不好撤了现时的太医令，让给万卡做，只好生造出了一个大医令出来，封给万卡。但究竟是太医令大，还是大医令大，他也没想清楚，只想含混过去。因为他估计万卡也不喜欢去太医院做什么领导，神仙弟子嘛，一向是天马行空，独往独来，喜欢超然一点。封他为大医令，其实就只是让他挂个名而已。

没想到，这才第二天，神仙公子就跟老太医令杠上了。汉安帝惊问道："因为什么事？"

吕太监苦着脸说："我也不太清楚。据说是小王爷受伤送去太医院医治，神仙公子认为太医令处理不当，吵起来了。"

"唔。朕去看看。"汉安帝突然来了兴趣，他也想知道在医术方面，究竟是神仙公子厉害一点，还是老太医令厉害一点。皇帝也八卦啊！

不过，既然神仙公子能治好小太子，看样子应该是神仙公子厉害一点了。

"皇帝起驾啰！"吕太监喊了一声，汉安帝坐着八人抬的龙辇，直往太医院而去。

太医院离皇帝住的地方不远，这是因为怕皇帝身体突然出现什么毛病，太医们好第一时间赶到。

万卡和老太医令之间究竟发生了什么事呢？

原来，上午万卡见没什么事，便跟小岚等四个人一起在皇宫里闲逛起来。皇宫虽然没有北京故宫那么富丽堂皇，占地那么大，但也古色古香，值得欣赏一番。

只见一座座宫殿巍然耸立，阳光闪耀下，宫殿顶上金黄的琉璃瓦闪出令人炫目的光芒。大殿四周古树森森，红墙黄瓦，给人一种厚重的历史感。

走着走着，突然见到前面一座外观朴实的建筑，大门上方挂着一块牌匾，仔细一看，发现上面题着三个龙飞凤舞的大字——太医院。

"咦，万卡哥哥，你的太医院啊！"晓星喊了起来。

万卡有点好笑："什么我的太医院？是我的吗？"

晓星使劲点头："你是大医令嘛，大医令是太医院的长官，所以说太医院是你的也没错。"

万卡有点哭笑不得："这汉安帝也真胡闹，弄出个大医令来。"

晓晴也来凑热闹："咦，那咱们一块去巡视一下万卡哥哥的领地好不好？"

万卡看了看小岚，小岚笑着说："好啊，我还没看过古代的医院呢，去瞧瞧也好，长点见识。"

万卡本来没想过去太医院的。之前因为医治小太子的事，那位老太医令已经恼羞成怒，之后每见了他都没给好脸色。现在皇帝竟然封了他一个太医院的官职，那位老太医令不恨死自己才怪呢！自己并不是怕他，只是怕老太医令见到自己，血压上升气病了，那就不好了。

当下四人走进太医院。太医院是专门为皇室服务的，作为皇室中人，当然不会纡尊降贵，亲自来这里找大夫看病了，所以都是太医们在太医院待着，随时等候皇室人员派人来召唤，然后上门诊症。

不过也有来求诊的，那是个别急症，等不及叫大夫上门，自己就把病人送来了。

就像万卡他们在太医院的治疗室见到的这个病人，十二三岁，听说是长公主的儿子，早几天因为爬树玩，从树上掉了下来。下落时大腿被粗树枝挂了一下，扯掉了一块肉。可能当时没有处理好，现在已经感染化脓，发出腥臭的气味。

替病人处理伤口的正是老太医令，他身边围了一圈年轻大夫，在观摩学习。因为人很多，所以万卡他们几个人凑了上去，也没有人发现。

老太医令不愧是杏林高手，只见他熟练地清洗病人的伤口，然后用一把小刀小心地剜掉已经腐烂的肌肉和脓血，最后敷上去腐生肌的药膏，又用干净纱布把伤口重新包扎。

动作轻柔、娴熟，处理一丝不苟，万卡见了，心里也不禁为老太医令叫个"好"字。

老太医令处理好病人伤口，又下了医嘱，然后叫长公主府的人把病人抬回家了。担架刚出门口，又来了病人。一名身材高大的侍卫模样的男子抱着个八九岁的孩子，后面跟着一名年约二十岁的青年，从外面匆匆跑进来。青年喊着："太医令！太医令！快看看我儿子的伤！"

"裕王爷，快把小王爷放到床上！"太医令指挥着。

原来这年轻男人是汉安帝的弟弟裕王爷。

小王爷右手小臂受伤了，被什么尖利的东西剖了一条长长的口子，鲜血淋漓，小王爷在大声叫痛。

太医令皱着眉头，问道："怎么伤得这样厉害？"

裕王爷忧心忡忡地道："在花园里捉迷藏，被假山的石头割伤的。老太医，他的手不会废了吧？"

"放心好了，不会有事的。伤口是深了点，但我能治好。"太医令边说，边拿起刚刚替长公主的儿子处理过伤口的刀，去剔掉小王爷伤口的碎石泥土。

"住手！"突然有人一声断喝，把老太医吓得抖了抖，拿着刀子的手停在半空。

发出声音的人是万卡。

太医令气得胡子一翘一翘的。之前在医治小太子的时候，他跟万卡两人意见相左，最后万卡动手术救活了小太子，老太医已觉得很丢脸。后来汉安帝把万卡封为大医令，他就更加恼火了，还不知道之后太医院里谁说了算呢！但既是汉安帝的旨意，他也无可奈何。没想到，万卡竟然来挑战自己权威了。

当下太医令怒目圆睁，瞪着万卡说："你好大胆，竟敢阻拦我救治小王爷。"

那位裕王爷恶狠狠地盯了万卡一眼，吩咐身后那名侍卫："把这人赶出去！"

侍卫伸手去抓万卡，万卡身体灵活地一闪，闪开了。他对太医令说："你这刀不能用！"

"胡说！这刀子跟了我几十年，救人无数，为什么不能用？"太医令大声说。

"你用这刀刚刚处理过伤口感染的病人，所以要消毒才能再用。"万卡皱着眉头说。

"什么时候轮到你这黄毛小子教训我了？我做大夫的时候你还没学会走路呢，你懂得多还是我懂得多？我活这么久，还没听过什么感染，什么细菌！"太医令对裕王爷说，"王爷，别让他在这里捣乱，耽误了小王爷的伤，我可不负责！"

裕王爷对侍卫喝道："你是个死人吗？连个书生都搞不定。快给我动手，格杀勿论！"

侍卫听了，喔的一声把刀抽了出来，二话不说朝万卡砍去。

"啊！"在旁的小岚和晓晴晓星吓得惊叫起来。

万卡一点也没害怕，他镇静地往旁边一闪，避过大刀，同时伸手朝侍卫手上轻轻一点，那牛高马大的侍卫竟然手一软，大刀唑一声跌落地上。

"万卡哥哥威武！"晓星兴奋得忘了形，拼命鼓起掌来。

哼，竟想在关公门前耍大刀！我们万卡哥哥可是练过武功的呢！

除了小岚和晓晴晓星，其他人全都惊骇地看着万卡，没想到一个外表儒雅的文弱公子这么厉害。

其实刚才万卡只是小试牛刀。他是学医的，又会些功夫，他刚才只不过是在侍卫穴位上点了一下，令侍卫的手发麻发软罢了。

裕王爷恼火地对侍卫说："真没用！快去叫外面的人进来，我就不信搞不定这小子！"

刚才裕王爷从王府带了一整队的侍卫过来，只是让他们等在太医院门口，没让他们进来。

十多名王府侍卫如狼似虎地跑进来了，裕王爷喊道："保护小王爷，保护太医令！"

王府侍卫瞬间组成人墙，把万卡四人和小王爷等人隔开。

万卡朝小王爷的方向看了看，叹了口气，心想，小王爷，我救不了你了，你自求多福吧！

为免小岚三个孩子被误伤，万卡只好带着他们离开了太医院。

裕王爷担心儿子，也没管万卡他们，救小王爷要紧。他催促太医令："老太医，本王信你。赶快给我儿子治伤吧！"

太医令哼了一声，拿起刀，继续给小王爷治伤。

万卡他们半路上碰到了汉安帝。汉安帝问道："神仙公子，你们刚从太医院出来吗？"

万卡点了点头说："是呀。"

汉安帝说："听说你跟太医令吵起来了？为了什么事？"

　　万卡无奈地说："太医令用没消毒的刀子替小王爷治伤，这样会造成感染的。我想制止也制止不了，裕王爷把我们赶出来了。"

　　汉安帝说："原来是这样。好吧，我去劝劝。"

　　汉安帝叫太监们起轿，急急地朝太医院而去。

　　万卡摇摇头，以太医令的冥顽不灵，也不知道汉安帝能不能说服他。但愿小王爷吉人天相，平安无事吧！

第 16 章
皇帝一顿饭有多少个菜

　　晚上，万卡四人如约到芳香阁吃晚饭，芳香阁是皇帝平日吃饭的地方。自从来到皇宫后，他们还是第一次来这里吃饭。

　　从他们住的地方到芳香阁并不远，走路也就大约十分钟的时间，所以万卡谢绝了汉安帝派来接他们的轿子，四个人一路步行向芳香阁走去。

　　"听说古代的皇帝每顿饭都有很多个菜，不知道今天汉安帝请客，会让人烧多少菜呢！"晓星这个吃货提到吃就分外开心，说着还咽了一下口水。

　　万卡说："中国历史上吃饭最奢侈的要数清朝的慈禧太

后，她虽然不是皇帝，但派头比哪个皇帝都大，每餐都是一百多道山珍海味，而且要用一百多种材料做成。因为太多了，根本吃不过来，这些菜大部分只是摆着观看，所以被人称为'目食'。听说御膳房的厨师为了省事，找人用木头雕了一些鱼呀、鸡呀这些东西，摆得远远的，反正慈禧太后不会夹到。"

"哇，一百多个菜，那餐桌该有多大啊！如果等会儿汉安帝请客也有一百多个菜，那怎么办才好呢？我好想每道菜都尝尝，但就是一个菜吃一小口，也吃不下那么多啊！"晓星不禁发起愁来。

小岚拍拍晓星的脑袋，说："也不是每个当皇帝的都这么腐败的，据说明太祖朱元璋吃得比普通老百姓都要节省，早饭只有豆腐青菜呢！"

万卡点点头说："这点我也从书上看到过。这是因为朱元璋是农民出身，小时候也很穷，所以当了皇帝之后也没有忘本，还是过着节俭的生活。"

晓晴眨眨眼睛："啊，那汉安帝会不会拿豆腐青菜来招待我们？"

万卡笑着说："我相信不会。这汉安帝看上去不是那么节俭的人。"

四个人说着说着，很快就到了芳香阁。有太监站在门口，见到四人前来，便喊道："客人到！"

"欢迎欢迎！"汉安帝听到后马上迎了出来，满脸笑容迎接客人。

按道理，身为皇帝是决不会出来迎接客人的，只是这汉安帝本身不拘小节，加上又有事要求万卡，所以才放下身段，走出来迎客。

汉安帝把四人迎进芳香阁，早就候在里面的吕太监让小太监引着四人落座。

芳香阁布置得很雅致，四壁挂了很多名人字画，墙壁上淡淡的烛灯，给人一种温暖、柔和的感觉。皇帝坐在大厅正中的主人位，他面前摆着一张长形案桌，相信那就是他每天吃饭的桌子。

四位客人坐在大厅一侧，每人面前一张长形案桌，大小跟现代的茶几差不多。

古代就是这样不好，没有像现代那种舒适的椅子，人都是跪着坐，膝下顶多垫着一张布垫，不习惯的人坐不了多久就会腰酸腿痛。

大家都坐好以后，吕太监拍拍手，喊了一声"传膳！"

不一会儿，一支由十几个太监组成的队伍，每人手捧着一个画着金色花朵的漆盒，走进大殿。殿内小太监迎上去接过，把漆盒揭开，把里面的菜拿出来放到桌上。看来汉安帝也不算太奢华，一顿饭的菜也只是十几个。

给皇帝送菜的队伍离开大殿，又来了一支队伍，这支队伍是给客人上菜的，也是每人十几个。这汉安帝很善待客人啊，自己吃的跟客人一样呢！

"起筷，起筷！"汉安帝首先拿筷子。

万卡四人也不跟他客气，拿起筷子，就大快朵颐。古代的菜肴别有风味，虽然没有现代那样多调味料，但更给人新鲜、原汁原味的感觉。

汉安帝好像没什么胃口，只是慢条斯理地吃着，大多时间都是给客人介绍菜式、问客人饭菜合不合口味、叫客人多吃点。直到客人吃饱放下筷子，他也只是浅尝了面前的几道菜。

见到皇帝和客人都放下了筷子，吕太监让人上来撤下碗筷、上了清茶。

品过清茶，汉安帝看了万卡一眼，有点欲言又止。他又拿起杯子喝了一口茶，才下决心开了口："神仙公子，朕有件事想请你帮忙。"

万卡回答说："陛下请讲。在下一定全力以赴。"

　　汉安帝犹豫了一下，好像不知从何说起，想了想说："朕有个亲人患了怪病，想请你医治。"

　　万卡见到汉安帝神情凝重的样子，不知究竟是什么病，让他这样难于启齿："请问贵亲患了什么病？"

　　汉安帝想了想，说："不如请几位跟朕走一趟，亲眼看看病人情况。"

　　中医看病是要望、闻、问、切的，所以一定要见到病人才能诊症，所以万卡点了点头："没问题。"

　　小岚有点纳闷，究竟皇帝有什么亲人得了怪病，这样神神秘秘的。她突然想起了那天路过祥云宫时，小太子说的话。莫非，汉安帝想找万卡医治的那位亲人，就是小太子口中的那个会咬人的疯子？

　　在芳香阁门口，已经停了两辆辇车，一辆是龙辇，那是汉安帝坐的，另一辆是普通的辇车，那是给万卡四人坐的。大家都上了车后，车子便开动了。

　　小岚看了看车子行驶方向，知道自己猜对了——正是往祥云宫方向而去的。她跟万卡说："记得那天烧烤后跟小太子一块坐车回宫，路上小太子说的话吗？"

　　万卡点点头："记得，他说那座宫殿里住了一个疯子。我想汉安帝说的，应该就是那个人。"

原来万卡哥哥早已想到了。

晓晴眼睛睁得大大的，问："万卡哥哥，精神病好治吗？"

万卡回答说："精神疾病分类有很多种，患病程度也不同。所以，能不能治好现在言之过早，得看到病人情况才能判定。不过，让病人病情缓解一点，是可以做到的。"

小岚想了想说："看皇帝欲言又止的样子，看来还有其他内情。"

万卡点点头："我也觉得是。"

晓星眨眨眼睛："莫非……病得很严重，会打人、杀人，或者月圆夜会对天发出狼嚎，会吸人血那种？"

晓晴拍了他脑袋一下："你以为是古堡里的吸血鬼呀！"

晓星不满地看姐姐一眼，又突然想起了什么。一拍大腿："好题材啊！当晓星遇上吸血鬼，哇，那是一个多么精彩刺激、引人入胜的故事啊！"

晓星自从在天宙国过了一把作家瘾后，一直跃跃欲试想再显身手。不过一直只是雷声大雨点小，咋呼了不知多少次，但始终没见他有新书出版。

"你们别打扰我，我开始构思了。"晓星仰面四十五度角，右手前伸，吟道，"啊，风，卷起古老纱帘，尘土飘散。啊，光，照不亮他的脸，发梢散乱。有一刻，嗜血的

獠牙几乎狰狞，高贵却将它抚平……"

晓晴有点愕然："真是你想出来的？"

"啪！"这一回是小岚打晓星了，她睥睨着那小屁孩，说："信他才怪！这段文字我在网上看过。"

晓星缩了缩脖子，嬉皮笑脸地说："这么偏的东西你都看过？！想骗你一下都不行！"

晓晴圆睁大眼："臭孩子，连姐也敢耍！找打！"

"救命！"吓得晓星赶紧躲到万卡后面。

幸好这时车外响起吕太监的声音："几位公子小姐，到地方了，请下车！"

晓星如获大赦，赶紧掀开车帘，跳下了车。

第 17 章
吸血鬼啊

一行人在一道高阔的宫墙前面站住了。果然就是之前小太子说的，住着疯子的那座宫殿。

大家正打量着，宫殿的大门缓缓地打开了，发出一阵"咿咿呀呀"的刺耳的声音。好吓人，自己会开的宫殿大门。正在诧异，才发现门是由两名穿着侍卫服装的人从里面拉开的。

很静，静得像一座死城。入眼的是一个两旁种着树的广场，广场尽处，是一座深红色的大殿。大殿绿瓦飞檐，在银白色的月光下，显得格外诡异和神秘。突然"哑哑"两下不知什么怪鸟的叫声，给这寂静增添了一种恐怖的

感觉。

万卡当然不会害怕，他只是用一种探索的目光打量眼前的一切，小岚心里扑通了几下，但向来胆大的她也很快就平静下来。只是晓晴、晓星两姐弟，就有点被吓到的样子，联想到这是疯子的住所，更觉得身体发凉、头皮发麻。

汉安帝及一众随从，应该不是第一次来这里，虽然他们都仍有点惴惴不安，但并没有露出太明显的慌张。

一名头领模样的人朝汉安帝行礼，喊道："吾皇万岁万万岁！"

"平身！"汉安帝做了个手势，对那头领说，"朱将军，这两天情况怎样？"

汉安帝没有说是谁的情况，但朱将军显然知道他问什么。

朱将军说："回禀陛下，跟以前一样，不许我们走近，总是坐着发呆，我们一不留情，他就爬树，爬屋顶。偶然也跟我们说几句话，但说的话奇奇怪怪的，我们都听不明白。"

"唉！"汉安帝叹口气，说，"没变严重就好。我带了大夫来看他。"

朱将军头前引路，带着汉安帝等人走进了大门。

广场两旁的树又高又密，在月色映照下，投在地上的树影，很像一个个张牙舞爪的魔鬼，很是吓人。

一行几十人，默不作声地，朝着那座大殿走去。

"陛下！"突然背后一声高叫，把所有人都吓了一大跳。

汉安帝恼火地转身，发现是守卫皇宫的侍卫队长匆匆走来。

"什么事？"汉安帝皱着眉头问道。

侍卫队长朝汉安帝行了个礼，然后说："裕王爷来了，他求见陛下，说有十万火急的事，请陛下出手相助。"

"十万火急的事？他有说什么事吗？"汉安帝皱了皱眉头，问道。

"裕王爷没说。不过他脸色很不好，又满头大汗的，看样子是出了大事。"侍卫队长回答。

汉安帝担心自己弟弟不知出了什么事，便说："叫他进来吧！"

刚说完好像觉得不妥，挥挥手说："算了，别让他进来，还是我出去吧！"

他扭头看看万卡："不好意思，我出去一下，很快回来。"

万卡笑笑说："陛下请自便。我们在这里坐一会，等您回来。"

汉安帝点点头，转身向大门口走去。万卡看了看大树下有些石凳，便带着三个小朋友，走过去坐了下来。

今夜是月圆之夜，一轮明月越升越高，在薄薄的云层中慢慢穿过，给大地蒙上了一层惨淡的轻纱。那闪烁着的星星，给人一种诡秘的感觉。

"哑、哑！"这时，不知名的鸟又叫了起来。

晓星吓得抓住万卡的手，他东张西望的，总觉得这诡

异的地方随时会跑出一群怪兽，或者魔鬼。

突然，他看到了一些什么，天哪，真是怕什么来什么，那不是……

"鬼，月圆之夜出来的吸血鬼！"晓星声音颤抖着，用手一指。

大家随着他的手指方向看去，只见高高的宫殿顶上，站着一个身穿黑色长袍的人，他披头散发的，双手举向月亮，发出一声嚎叫："啊……"

"啊！"晓晴吓得浑身打战。

小岚虽然胆子大，但也被那声惨嚎吓了一大跳，不由得一手抓住万卡的袖子。

万卡搂着小岚的肩膀，说："有我呢，别怕！"

这时，屋顶上的"鬼"显然听到了声音，他转过脸，望了过来。月光下，一张惨白的脸暴露在人们眼前。

那是一张他们非常熟悉的脸，他分明是——汉、安、帝！

万卡几个人仿佛被雷劈了一下，被电击了一下，全都张目结舌的。怎么会？汉安帝怎么爬到屋顶上了？怎会变成这样？！

"汉安帝"这时也看到了万卡几人，他身影一闪，就不见了。

"他他他他……"晓星指着"汉安帝"消失的地方，结结巴巴地说不出完整的话来。

小岚摸摸扑扑乱跳的胸脯，说："莫非是人格分裂？"

人格分裂是指同一个人身上交替表现出两种及以上不同的人格类型，属于一种精神病症状。

"我觉得那人不是汉安帝！汉安帝刚刚才从前门走了出去，怎会那么快就爬上了屋顶呢？"万卡分析说，"虽然身材样貌都很像，但显然不是同一个人。"

"但世界上怎么会有长得一模一样的人呢！"晓星说。

"怎么没有？双胞胎就长得一样。"晓晴驳斥说。

万卡灵机一动，说："莫非……汉安帝所说的疯子，是他的双胞胎兄弟？"

这时听到脚步声，侍卫队长从大门外跑了进来，对万卡说："神仙公子，陛下请你马上去太医院，裕王爷的小王子快要不行了，陛下请你回去救命。"

"啊！"万卡愣了愣，难道汉安帝还是没能阻止老太医，用受了污染的手术刀替小王子治伤？

"好，快走！"救人如救火，万卡急忙朝大门走去。

走到大门口，不见汉安帝在，连他乘坐的辇也不见了，侍卫队长说："陛下担心小王爷，跟裕王爷先去看小王爷了。"

载万卡四人来的车辇还在，他们上了车，由侍卫队长亲自驾车，急急地往太医院驶去。

吕太监早已站在大门口，一见到万卡，赶紧迎上去，说："神仙公子，陛下让我在这里等你。请跟我来。"

万卡点点头，跟着吕太监，走进了太医院里的一间诊室。

汉安帝和之前见过的裕王爷都在，裕王爷双眼通红、脸色苍白，一副焦虑不安的样子。汉安帝也双眉紧皱，脸色很不好看。

没看到太医令，只有之前见过的一名太医在。他拿着一张处方，说："这是'清瘟败毒汤'，煎了给小王爷服下。如果半个时辰内能退热的话，小王爷也许能救回来，如果不能，就……"

太医看了汉安帝一眼，没再说下去。

裕王爷情绪激动地大声问："就什么？就会没命是吗？你们太医院都是饭桶吗？就这样草菅人命的吗？那个太医令老头是这样，你也这样！一群废物！"

太医吓得不敢吱声。他一抬头，见到万卡，惊喜地说："神仙公子来了！神仙公子，请你务必救活小王爷。"

裕王爷见到万卡，眼睛一亮，他激动地走上去："神仙公子，请原谅我早前的鲁莽。你快来看看我儿子，看还有没有救。"

万卡点点头，走到病床前。

那个小王爷静静地躺在床上，已经昏迷了。万卡摸了摸他的头，热得烫手，用手搭在脉门上把了一回脉，又看了舌苔，然后拉起小王爷的袖子，只见小臂又红又肿，简直触目惊心。

"细菌感染化脓性败血症。"万卡叹了口气，他之前担心的事终于发生了。

"败血症？"汉安帝有点不明。

"败血症是指病菌侵入血循环，并在血中生长繁殖，产生毒素而发生的急性全身性感染。那天，我就反对用没消毒的手术刀替小王爷治伤。"万卡叹息着说。

裕王爷又是后悔又是恼火："那天我怎么就不信你呢，庸医害人啊！现在怎么办？我儿子有救吗？他的手能保住吗？"

"需要彻底清除原发病灶，杜绝病原菌的来源。然后使用有效抗生素，尽快消灭血液中所有细菌。只要感染被有效控制，病情便会好转。"万卡回答说。

"如果感染没有被有效控制呢？"裕王爷很担心。

万卡看了他一眼，说："为了避免感染扩散，危及生命，就只有一个办法了。"

"什么办法？"

"截肢。"

"啊！"裕王爷脸色煞白，"神仙公子，千万救救我儿子！"

万卡说："我会尽力。"

这是一个没有抗生素的年代，所以万卡只能说尽力，不敢打包票。

"我需要以下药物和工具，给小王爷做清创引流，还有消炎杀菌。"万卡把这年代有的东西，列了一张单子，交给太医。

"好，我马上叫人备齐。"太医看了看单子，转身走了出去。

东西很快送来了。太医留了下来，他很佩服万卡，决心向他学习。

万卡开始给小王爷做清创引流，处理伤口。之后，又一连几天不眠不休地照顾小王爷，密切注意他伤口的感染情况。幸运的是，经过用药和治疗，感染被控制住了，小王爷身上的红肿渐渐消退，伤口也在慢慢愈合。

汉安帝、裕王爷，还有太医院的一班大夫，全被万卡的医术所折服，那位太医令也不得不低下了高傲的头。

其实万卡并没有怪太医令。在这两千多年前的古代，对一些现代医学观念不认同、不理解，这是难免的。他只是希望太医令经过这次教训，明白消毒防感染的重要性。

第 *18* 章
皇帝的哥哥

小王爷好转了，汉安帝才松了一口气，他又想起了请万卡治病的事。第二天早朝后，汉安帝特地去了一趟荷芳苑，希望万卡再跟自己去一趟祥云宫，去看看那个患了怪病的亲人。

万卡和小岚他们几个交换了一下目光，然后对汉安帝说："陛下，其实那天，我已经见过你那位亲人。"

汉安帝吓了一跳，接着脸色很不好看，十分尴尬的样子："你……你见到他了？"

万卡点头说："是，我猜他是陛下的孪生兄弟，对吗？"

汉安帝脸色变了变，叹了口气，说："你说得不错，他的确是我的孪生兄弟，我是弟，他是兄。说起来，他挺不幸的。我们父皇结婚十多年，一直没有孩子，所有人都以为父皇百年之后，只能把皇位交给我二叔。没想到我母妃怀了孕，而且生了双胞胎。我父皇高兴极了，马上给刚出生的我们封王，哥哥是平安王，我是乐安王。不幸的是，我们两兄弟的出生令某些人的愿望破灭，因此，他们铤而走险，安排几名刺客闯进皇宫，迷昏了我们母亲，把我们两兄弟偷走了。幸得被禁卫军发现，把我从刺客手中夺回。但我哥哥就很不幸，被其他刺客带出宫外，从此没了踪影。直到一个月前，发生了这样一件事，有朝廷大臣在京城郊外的一座山上，发现了一名蓬头垢面、衣衫破烂、痴痴呆呆的男人，大臣见了大为震惊，因为这男人竟然跟朕长得一模一样。大臣知道事情不简单，便悄悄把这男人带来皇宫。当年孪生皇子中的哥哥被掳走的事，除了朕听父皇说过，就只有皇室少数几名长辈知道。我一见这人，就知道他就是二十多年前失踪的哥哥平安王，年龄的符合、长相的酷似，都是无法作假的。"

"哦——"四个听众突然一齐"哦"了一声，又彼此交换眼色，神情微妙。

为什么汉安帝要把人放在祥云宫，冠以疯子的名目，将人隔离开来？因为，按照皇位传给长子的惯例，这位哥哥，才应该是当今圣上，真正名正言顺的皇帝啊！

古来皇家为了争位，血雨腥风，刀光剑影，斗得你死我活。汉安帝没有把这哥哥"咔嚓"掉，只是软禁起来，已经算是有良心的了。

汉安帝见到面前四个人都一副"全明白了"的神情，赶紧解释说："你们别误会啊！我不是怕哥哥抢回皇位，故意把他说成疯子软禁起来的。他现在的确是疯疯癫癫的，说的话、做的事都令人费解。还常常不顾体面地爬树爬房子，在房顶上尖叫怪叫。还有，他不知道自己是谁，不记得过去所有事。我希望用亲情打动他，接近他，但他不为所动，不理不睬，好像一点也不想认我这个弟弟。唉，真不知道这二十多年他经历了些什么。我也找太医令诊治过，太医令诊断他得了离魂症，打算替他针灸治疗，没想到他根本不让太医令接近，每次都大叫大喊，十分激动，把他逼急了，还试过打人、咬人。太医令说怕他再受刺激，只好暂时不做治疗了，等他慢慢适应这里，慢慢恢复记忆。他到底是我皇兄，是更有资格当皇帝的人，如果不是二十多年前被掳走，今天当皇帝的就是他了。因此，我很想维护他尊严，不让任何人见到他现在疯癫的样子，把他送到这里，不让任何人接近，只是派人好好照顾着，等他痊愈的那一天。但因为派往祥云宫的人嘴巴不够密，导致宫中有了流言蜚语，说这里关了个咬人的疯子……"

小岚想起那天小太子说的话，原来他的恐慌是这样来的。

跟汉安帝相处一段日子，大家都知道他是一位好人，所以也相信了他的话。

这平安王也真够惨的，自小被掳走，还疯了，真不知道他这二十多年来，究竟经历过什么可怕的磨难。大家都把希望的目光看向万卡，希望从他嘴里听到能治愈的好消息。

万卡想了想，说："失魂症，其实就是现代的失忆症。失忆症的治疗，即使在现代医学上也不是很成熟。因为每个人的情况都不尽相同，一般是采取综合治疗的方法，外科给予高压氧的环境，配合电疗刺激神经中枢，再加上中医针灸。另外，还要在人为关怀上创造条件，失忆症的康复是一个相对漫长的过程。"

小岚点点头："现在没有高压氧的环境，也无法进行电疗，唯一可以做的就只有中医针灸，还有人为关怀了。"

汉安帝在一旁听着他们说话，有些明白有些不明白，但也听到万卡说可以用针灸治疗。他对万卡说："神仙公子仁心仁术，太医令无法做到的事，也许公子能够做到。所以，希望公子能够治好皇兄。"

万卡点点头，说："能不能治好，现在还说不准，我得见见平安王然后再下结论。"

两部车辇又把汉安帝和万卡四人送到祥云宫，迎接的还是那名侍卫队领队朱将军。汉安帝一见他，便问："平安王呢？"

朱将军说："回禀陛下，刚刚见到王爷坐在花园里那棵桂花树上发呆。"

汉安帝着急地一顿脚："我的天，他又爬树了，摔下来怎么办？！快带我们去看看。"

朱将军行了个礼："是，陛下！"

朱将军引着一行人向宫殿深处走去。一路亭台楼阁，风景很不错。看来汉安帝还是很有心的，让失忆的兄长在这风光明媚的地方休养，对病的恢复有好处。

经过一个人工湖，走过一条小木桥，见到前面种满了桂花树，风一吹，阵阵花香扑鼻。

"咦，怎么不见了？"将军站在树下张望了一会儿，挠挠头，"刚刚还在呢！"

这时晓星一抬头，见到前面一座红墙绿瓦的房子，绿树掩映下的房脊上，隐约可以看到有个人一动不动地坐在那里："看，那里有人！"

　　朱将军一看马上叫了起来："在那里，人在那里！"

　　汉安帝吓坏了："天哪天哪，又爬房顶上了！太危险了，赶快把他救下来。"

　　"是！"朱将军马上带着一队侍卫跑了过去。

　　汉安帝也跟着跑过去了。看得出来，他是真正地担心皇兄的安危。

　　万卡几个人留在原地，看着朱将军安排救人。

　　晓星看着高高的屋顶，惊叹着："这平安王属猴子的吗？这么高的房顶他是怎么上去的！"

　　小岚说："你没看到房子旁边有棵大树吗，他肯定是先爬到树上，再从树上爬到屋顶的。"

　　晓晴有点瞠目结舌的样子："会爬树的王爷！这在古代太匪夷所思了。"

　　万卡若有所思："我对这位王爷越来越感兴趣了。真想知道他究竟是一个怎么样的人，他之前究竟经历了些什么。"

　　朱将军指挥着人拿来十几张厚厚的被子，铺在地上，防备平安王掉下来摔伤。又拿来一个吊着一根绳子、大得足以装进一个人的篮子，放在地上备用，之后才吩咐两名侍卫上去救人。

一切都训练有素的，相信这样的"救援"已经不是第一次了。

两名侍卫身手都很灵活，只见他们从旁边那棵树爬了上去，然后又从树上跳到了屋顶。

屋顶上的人，一直没有动过，仿佛下面那么多跑来跑去的人，或者站着看他的人，朝他叫喊的人，全都不存在似的。直到两名侍卫走到他面前，朝他行礼，他才有点愕然地看着他们。朱将军把系着篮子的绳子一端，使劲抛到屋顶，一名侍卫用手接住了，把篮子拉上屋顶。两名侍卫把平安王扶起，放在篮子里，还绑上"安全带"，然后两名侍卫一齐抓着绳子，把篮子一点点放下去。

篮子落地那一刻，汉安帝跑了过去，他亲手把平安王从篮子里扶了出来。又替他拍着身上尘土，埋怨地说："皇兄，你又淘气了。屋顶离地那高，摔下来怎么办？真令人担心。"

平安王好像并不想接受他的好意，反而一举手，把他的手拍开。汉安帝很受打击，委屈地看着自己兄长。

万卡几个人走了过去，近距离观察平安王，果然长得跟汉安帝一模一样，唯一不同的是，平安王的肤色比汉安帝稍微黑了一点点。还有，平安王的眼神不像汉安帝那样清明有神，而是呆滞的，没有神采的。

汉安帝求助地看着万卡："神仙公子，依你看……"

万卡说："我可以试试看。从现在开始，我们四个人就住在这里吧！"

汉安帝高兴得全不顾自己皇帝身份，他朝万卡作了一揖，说道："那朕先谢过神仙公子了。希望神仙公子妙手回春，早日治好我皇兄。"

第 *19* 章
我是失踪的作家李小白

　　湖边草地上，架着一个铁架子，铁架子下面烧着通红的炭火。晓星站在铁架子旁边，正认真地观察着搁在铁架子上的十几块肉，时不时翻动着，让肉既能烤熟，但又不会烤过火或烤煳。

　　"哇，我的手艺好棒啊，等会儿烤好了，一定很美味。"晓星任何时候都不会忘记夸赞自己。

　　离晓星五六米远的一个凉亭里，平安王靠着凉亭柱子，呆呆地坐着，眼睛茫然地望着前方。

　　算起来，万卡和小岚、晓晴姐弟入住祥云宫已经很多天了，在这些日子里，他们用了无数方法去唤醒平安王，但都全无作用。平安王仍旧一副浑浑噩噩的样子，而且对接近他的人都十分抗拒，所以万卡根本没办法对他做任何治疗。万卡只好变换一下做法，今天特意到湖边烧烤，让平安王一起参加，希望能唤起他的兴趣，融入他们这个小团体。只是平安王毫无兴趣，一直沉浸在他自己的世界里。

万卡，小岚，还有晓晴坐在旁边草地上，一人拿着一个古时候的益智玩具——鲁班锁，在低头摆弄着。

晓晴问万卡："万卡哥哥，为什么这鲁班锁又叫孔明锁？"

万卡解释说："因为民间一直对这种锁的发明者有分歧。有说是三国时期著名政治家、军事家诸葛孔明，根据八卦玄学的原理发明了这种孔明锁。但也有另一种说法，说发明者是建筑大师鲁班。他为了测试儿子是否聪明，用六根木条制作了这种可拼可拆的玩具，叫儿子拆开。后人把这种玩具称作鲁班锁。"

晓晴说："我看鲁班发明的可能性大些吧！鲁班是中国古代著名建筑师，而这种锁又跟建筑上的榫卯结构有关，所以是鲁班发明的可能性更大。"

晓星插嘴说："姐姐，你别忘了，诸葛亮同时也是三国时期非常厉害的发明家，他发明了许多不可思议的东西，比如能代替牲畜运货的木牛流马，能保证战争以少胜多的诸葛连弩。还有孔明灯，那是诸葛孔明为了传递信号发明的。另外，听说馒头也是诸葛孔明发明的。所以，他能发明出这种锁是非常有可能的。"

小岚说："鲁班锁真实的发明者，在历史上并没有可靠的说法。其实还有一种可能，鲁班锁是民间艺人发明的，只是人们为了提高它的名气，才把它说成是鲁班或者诸葛孔明发明的。其实，谁发明的并不重要，反正肯定是中国聪明的古代人发明的。"

晓星正想说什么，突然听到万卡大喊一声："噢，成功了！我拼好了！"

"啊，拼好了？给我看看！"小岚和晓晴马上惊喜地扑了过来。

"啊，真的拼好了。还是万卡哥哥厉害啊，我昨晚弄了一晚上都没弄出来。"晓星也扔下他最热衷的美食跑了过来，把万卡拼好的鲁班锁拿在手里左看右看。

"万卡哥哥，快教我们拼！"小岚三个人一齐要求万卡。

"好好好，你们看着。"万卡把拼好的鲁班锁拆散，然后慢慢拼合。

三个小家伙目不转睛地看着，他们都是聪明的小孩，一下就懂了。啊，原来是这样，很容易呢！

"哇，拼好啰，拼好啰！"晓星最快拼好，一高兴，便摇头晃脑地哼起歌来：

"……喜羊羊沸羊羊慢羊羊身体壮

美羊羊懒羊羊暖羊羊开心唱

红太狼平底锅很厉害又怎样

灰太狼抓不到一只羊

夹着尾巴不敢抬头逃离现场……"

大家都沉浸在成功拼合鲁班锁的喜悦中，谁也没发现，有个一直木然不动的人，像被按了起动按钮的机械人，慢慢地、一步一步地走到了他们身边。

"可爱的羊儿不慌又不忙

聪明的羊儿快乐比赛

快乐奔跑竞技场……"

咦，谁加入了晓星的歌声？除了得意忘形所以浑然不觉的晓星，万卡和小岚晓晴都发现了这点，抬头一看，不禁都惊骇地睁大了眼睛。

眼睛没出毛病吧？耳朵没听错吧？因为，他们竟然、竟然看见平安王，古代人平安王，站在晓星背后，嘴巴嚅动着，跟着晓星的节拍，唱出一首21世纪很流行的儿歌。

脑袋里像打雷似的轰隆作响，平安王，竟然是现代人！

晓星还沉浸在拼好鲁班锁的喜悦中，一抬头发现面前的人，个个张口结舌的模样，不禁停下唱歌，愕然地问："你们……"

但他马上又愣住了，因为，他听到有人在他背后唱歌，唱他刚才在唱的现代动画片里的歌。在这古代，除了他们四个，还有谁会唱一首现代儿歌？！

晓星猛回头，发现了平安王，大惊："你？！"

平安王砰地一下跪在了地上，伏地痛哭："亲人哪，可找到你们哪！"

万卡最先从震惊中清醒过来，他急忙走去扶起平安王。晓星也走上去，拉着平安王的手，安慰着："平安王哥哥，不哭不哭！"

小岚和晓晴一脸的惊讶，一脸的关切，看着那个哭得像迷路儿童的男人。

平安王眼泪鼻涕一齐流，哭了足足十几分钟，才停了下来，他哽咽着说："我叫李小白，是从二零二零年来的。"

"什么？李小白，你就是那个突然失踪的网络作家李小白？"晓星大喊起来，"原来你穿越了！"

"对，我就是网络作家李小白。"

"坐下慢慢说。"万卡拍拍李小白的肩膀。

晓星小声在小岚耳边说："别人穿越不是都很开心的吗？第一次见到这么惨兮兮的穿越者。"

大家围成一圈，听李小白诉说他离奇的穿越故事。

原来，李小白是个全职网络小说作家，《大汉风云》是他写的第八部小说。一天晚上，他在写作中遇到了瓶颈，苦苦思索写不去，竟伏在手提电脑上睡着了，没想到醒来时，发现自己来到了两千多年前的汉朝，而且还是个架空的汉朝。

本来嘛，穿越时空来到古代，看到两千年前的人和事，还是很有意思的，但悲惨的是，手无缚鸡之力的他一来就被人贩子抓了，卖到一个恶霸家里当了奴隶。那真不是人过的日子啊，他吃不饱穿不暖，挨打更是家常便饭，他连死的心都有了。要知道在现代，他哪受过这样的苦啊！他思念现代的亲人，常常跑到山顶，再在山顶爬到树上，眺望远方，希望能望到家乡，望见归去的路。但是，他一次又一次地失望了。一时想不开，人变得痴呆，对身边所有的人和事都感到害怕……

一次，他在上山的途中，遇到了一位朝中大臣……

汉安帝找到他之后，他过上了好日子，但潜意识中，仍然本能地排斥这年代的一切，不想接近那个自称是弟弟的皇帝，不想跟任何人交流，他仍然喜欢登高望远，总觉得有一天能找到回家的路。

早几天，万卡他们第一次进来时，就是他看见天上圆圆的月亮，想起无法跟家人团圆，心痛，神伤，所以在屋顶惨嚎起来。

直到刚才，听到了晓星唱歌，那首 21 世纪的儿歌把他从浑浑噩噩中唤醒，让他瞬间崩溃……

晓星忍不住叹气，说："小白哥，别人穿越你穿越，怎么你穿得这么惨呢！"

晓晴说："其实现在并不惨啊，汉安帝想把皇位还给你呢！你可以当皇帝了，成了天下最尊贵的人了。"

李小白摇头又摆手："不不不，我才不稀罕呢！我只想赶快回到现代。在那里，有慈祥的父母，有贤惠的妻子，还有一个可爱的儿子，那都是最值得我珍惜的。什么皇位，什么天下，在我眼里远远比不上我幸福的家庭。"

小岚听了很感动，真是个有情有义的人啊！她对李小白说："你放心好了，我们无论如何都会帮你实现愿望的。"

万卡也说："好兄弟，有我们在，你不会孤单。"

李小白听了，再度泪流满脸，他一个人的时候，是多么的害怕，怕自己永远留在这里，永远见不到父母妻儿。现在好了，见到了现代人，还说能帮他回家，怎不叫他激动万分。

大家又再安慰李小白一番。只是大家都有一个弄不明白的问题，怎么李小白长得这么像汉安帝呢？连李小白自己都莫名其妙，自己明明是跟汉安帝隔了两千多年的一个现代人啊！

"哎呀！惨了惨了！"突然听到晓星绝望地大喊起来。

原来他发现烤架上的肉全都烤煳了。

大家顿时觉得肚子饿了，正想叫人再拿些肉来，突然听到宫门外面有人大喊："里面会咬人的疯子，你听着，你已经被包围了！赶紧放出我小岚姐姐，还有我神仙哥哥，如果他们有一点点受伤，我一定不放过你！"

这不是小太子的声音吗？怎么回事？

小太子继续喊着："你现在有权不说话，但你所说的将会成为呈堂证供……"

在场的穿越人士都听得一愣一愣的。这小孩说些什么呀？怎么这样像香港警察抓坏人时的喊话内容？晓晴眼睛一亮，大声道："难道小太子也是穿越的？"

啊！大伙儿顿时一愣。

"哈哈哈……"晓星笑得前仰后合的，"没事没事，小太子绝对不是穿越人士。只不过我给他讲过好些香港警察故事，里面有警察围捕坏人的内容。"

哦，原来是这样。

小太子的确不是穿越的。他每天都要去找小岚玩的，这几天他找不到小岚姐姐，急疯了，到处打听才知道小岚姐姐和其他几个哥哥姐姐都在祥云宫。小太子可着急了，祥云宫里有会咬人的疯子啊！小岚姐姐危险！

于是，他把负责保护自己的侍卫，还有太监全带来了，来到他平时根本不敢走近的祥云宫。小岚姐姐有难，怎可以不出手相救，他豁出去了。

小岚想起那天提起祥云宫时，小太子害怕的样子，也不禁有些感动。为了救自己，连害怕都忘了，这小屁孩也真是有情有义的。

"出去看看。"小岚领头往宫门走去。

因为汉安帝吩咐过，除非他允许，任何人都不能走进祥云宫一步。所以即使是小太子到来，守门的侍卫也不敢打开门。

见到万卡一行人出来，朱将军朝万卡行了个礼，然后问道："神仙公子，怎么办？"

万卡说："没事，开门吧！"

汉安帝曾有令，一切听从万卡指挥，所以朱将军赶紧应了声："是！"

大门咿咿呀呀地打开了，只见门口站着十多个手持刀剑的侍卫，还有十多个手拿各种奇奇怪怪东西的太监——有的拿着擀面棍，有的拿着鸡毛掸子，有的拿着锅铲。没写错，的确是擀面棍、锅铲、鸡毛掸子。因为来得太急了，太监们没有武器，小太子便让他们拿了一些厨具和打扫用具，聊胜于无。

"小岚姐姐，你没事，真太好了！"小太子高兴得扑到小岚怀里。

不过，他马上被站在小岚旁边的平安王吓住了。

"父皇？您、您怎么在这里？"小太子看着李小白，很是愕然。

李小白皱着眉头，这古代的孩子怎么啦，喜欢到处认爸爸。

"父皇是可以乱认的吗？谁让你到这儿来的？"身后传来一个声音，咦，这不是父皇的声音吗？

小太子好奇怪，一转身，见到又一个父皇站在身后。

"您？您？"小太子看看汉安帝，又看看李小白，惊呆了，怎么我有两个父皇？

事到如今，汉安帝不能再瞒住小太子了，只好告诉他："你只有一个父皇，那就是我。这是你皇伯父。"

"皇伯父？"小太子眼睛眨呀眨，奇怪极了。怎么突然跑出一个皇伯父来了？

"这事父皇有空再跟你说。咦！"汉安帝突然发现不对，平安王好像跟以前不同了，他怎么会和万卡他们站在一起，眼睛还有了神采，不再是之前的空洞呆滞了。

"皇兄，你、你好了？！"汉安帝大喜，冲过去抓住李小白的手。

"我跟你不熟。"李小白把汉安帝的手掰开。

李小白实在害怕汉安帝认亲戚，把他留在古代，赶紧跟他撇清关系。

"皇兄，原来你还没好……"汉安帝好伤心，原来皇兄的病还是没好利索。

万卡刚要上前劝解，小岚在旁边扯了扯他，让他别管。反正李小白已经铁了心要回现代，还是别让他跟汉安帝牵绊太多，免得离开时汉安帝伤心。

万卡对小岚的暗示心领神会，他故意对汉安帝说："陛下，平安王的病一时半刻都难以痊愈。其实我们下山已经很长时间，也应该回去了。我建议让平安王跟我们一起上山见师父，师父出马，平安王的病一定能好起来的。"

汉安帝无奈地说："也好。那就拜托你了。老神仙法力强大，相信一定能医好朕的皇兄。不过，你们别急着走，我想跟皇兄多聚聚，另外也想等马铃薯成熟了，咱们一块享受丰收的喜悦。"

小太子一直在旁边眼珠骨碌碌地听父皇和那位皇伯父说话，听到小岚他们要离开，他不干了，大声嚷嚷道："父皇，我不让小岚姐姐走！"

汉安帝说："小岚有自己的家，她不可以长期留在宫里的。"

小太子说："那我娶她当王妃好了。我娶了她，这里不就成了她的家吗？"

啊！大伙儿全愣了。这小屁孩可真能想啊，小豆丁般大就想娶媳妇了。万卡更是抓狂，小岚可是我未来的王妃啊，什么时候轮到你这小屁孩了！

小岚好笑地摸摸小太子脑袋："对不起哦，我有男朋友了。"

小太子抬起头，看着小岚："什么是男朋友。"

小岚说："男朋友就是我喜欢的男孩。"

小太子扁着嘴，说："我这么冰雪聪明、可爱漂亮，小岚姐姐你怎么可以不喜欢我呢！我哭，我哭，我哭哭哭……"

小太子顿时泪奔……

对付熊孩子已经够麻烦了，何况是对付一个身为小太子的熊孩子。真难搞啊！

一时间兵荒马乱。

直到汉安帝搬来救兵——皇后娘娘，才把小太子劝住。把他带上辇车，辇车一边离开时还听到熊孩子向母后投诉，说小岚姐姐喜欢的男朋友不是他，好委屈，好伤心。

汉安帝一脸的尴尬，直向小岚表示歉意。临离开时又挽留万卡，请他务必再住些日子。又对李小白说，明天再来看皇兄。

第20章
回家的路

　　终于把缠人的熊孩子，还有一直沉浸在"皇兄不理我"哀伤中的汉安帝送走了，大家都松了一口气。

　　李小白看向万卡，一脸的迫切："这位兄弟，我们真的能回现代吗？"

　　万卡看向小岚他们几个资深的穿越人士，因为他们更有发言权。

　　小岚给了李小白一颗定心丸："放心吧，一定能。"

　　其实小岚自己也不知哪来的自信，只是觉得，他们也有好几次是在没有时空器的情况下回到未来的。所以，她相信这次也一样。

不过，也要为回去创造点有利因素。也许，回到来时的地点，是个好办法。小岚跟大伙儿说了自己看法。

万卡点头说："好，那我们赶紧回到隔离营，在那里寻找回去的方法。"

为免汉安帝还有小太子挽留，五个人不辞而别，趁着夜色，离开了祥云宫，去到隔离营。

往日热闹的隔离营，现在静悄悄的，只有那一幢幢还没有拆除的临时病房，让人想起这里曾经的死亡气息，记得这里住过的那一群无比绝望的疫症病人。

李小白之前已经从万卡那里知道了这里曾经发生的故事，现在来到故事发生的地方，不禁感慨万千："你们的穿越救活了无数人啊！在我原先的故事构想中，这个隔离营的人是全数死去的，你们改写了他们的命运，也改写了我的故事。"

晓星说："小白哥，回到现代后，你赶紧把故事写下去吧！因为你突然失踪，故事中断了，用你的故事拍的电视剧也停播了，读者和观众都闹翻天了。"

李小白点点头说："续写那是肯定的。让读者们等那么久，我真过意不去。我会把这段经历如实写出来，不用加工，不用虚构，如实写出来就是一个精彩无比的故事！"

晓星拉着李小白的手说："小白哥，你写到我的时候，别忘了形容我是一个'英俊潇洒、风流倜傥、聪明盖世的小公子'哦！"

晓晴嗤了一声："小白哥，其实他内心是一个爱吹牛皮的自恋鬼、自大狂，还是个吃货。"

晓星嘟着嘴说："哪有这样冤枉弟弟的，真怀疑你是不是我亲姐姐呢！你是爸爸妈妈大减价时买东西附送的吧！"

小岚没管他们说什么，自顾自走着，不知不觉走进了她住过的那间屋子，坐到了她躺过的那张床。她一脸的怀念："不知道老村长、小宝、小宝娘他们现在怎么样了。"

万卡跟在小岚后面，走进了草房内，坐到了小岚旁边，他说："我托人打听过了，他们现在挺好的。劫后余生，他们更加珍惜一切，听说他们已经向官府提出，要求做第一批种植马铃薯的村子，并已获得批准。"

很多人对于新生事物都抱有怀疑，所以马铃薯的推广种植，的确需要一些敢于接受新事物的民众带头。长青村的村民们能站出来，相信对推广种植起到很好的带头作用。万卡继续说："老村长还派人给我捎话，说中秋节快到了，家家都做了月饼，准备到时给我们送来。"

"啊，中秋节快到了？中秋节，庆团圆……"小岚喃喃地说着。

抬眼望向无垠的天空，小岚心里充满了思念，想念她在另一个时空的养父养母，想念着她在另一个星球的亲生父母，还想着她不知身在何方的双胞胎哥哥……

突然身下的床一阵晃动，万卡赶紧搂住小岚，喊道："地震！"

话音未落，房子便哗啦一声倒塌了，幸亏房子是竹子和茅草搭的，掉在人身上顶多有点痛，但不会造成伤害。

万卡正想拉着小岚跑出去，突然地上又是一阵强烈颤动，地上竟然裂开一条缝，两人一下站立不稳，掉进了缝里。

"万卡哥哥！小岚！"

晓晴惊叫着，和晓星、李小白飞奔过去。

"万卡哥哥，小岚姐姐，我们来救你们了！"

"兄弟，你们挺住！"

三人走近裂缝，正想伸手去拉万卡他们上来，没想到又是一阵剧烈的颤动，裂缝瞬间扩大，李小白和晓晴晓星扑通扑通全掉进去了。

"啊！"随着一声声惊叫，五个人都没了踪影。

随着喊声消失，大地恢复了平静，那道大大的裂缝竟然神奇地在慢慢弥合，很快就恢复了原样。好像什么事都

没发生过，还是那座废置的隔离营，还是那无比的寂静。

"啊……"惊叫声在另一个时空响起。

随着扑通扑通的落水声，叫声戛然而止。很快有人从水里冒出脑袋，一个，两个，三个，四个，五个。

万卡数了数人头，才放下心。一个也没有少！

"哇，好险好险，怎么裂缝里有水呢？"晓星像只猫那样甩着头发上的水，大声咋呼着。

"不对，这地方好熟悉啊！"小岚擦擦眼睛，看了看周围环境，大喊起来，"这不是月映湖吗！"

"是是是，是月映湖！哈哈哈，我们回家了！"晓晴高兴得尖叫起来。

万卡再仔细观察，证实他们的确掉落在乌莎努尔皇宫里的月映湖。

意外地掉进了裂缝，却神奇地落在乌莎努尔皇宫里。真是一次离奇的回归啊！

只有李小白还在云里雾里，他不知道自己去了哪里，月映湖是什么地方……

嫣明苑电视室里。

"哎呀，怎么搞的，竟然用这么丑的一个演员来扮演我！

气死了气死了！"晓星边看电视剧边愤愤不平，"我要找小白哥抗议！"

"这是号称万人迷的小鲜肉罗小晖呀，他来演你的角色，你还不满意？！"晓晴没好气地说。

"罗小晖有什么了不起，他哪有我一点点帅？"晓星把一片薯片扔进嘴里，用力咀嚼着，把薯片当成了罗小晖，我咬，我咬，我咬咬咬。

晓晴跟晓星在说什么呀？原来，李小白回到内地之后，马上续写那未完的小说，因而根据小说故事拍摄的电视剧《大汉风云》也接着拍摄下去了。李小白把万卡、小岚四个人穿越时空、扑灭疫症、献马铃薯等一系列故事写进了小说里。他不愧为网络小说作家中的高手，故事意趣盎然、紧张刺激，据说小说订阅人数倍增，而根据小说拍出的电视剧收视率也一再创新纪录。

当然，李小白在故事中没有用那穿越四人组的真实姓名，这是万卡一再叮嘱他的。

晓晴、晓星每晚追看《大汉风云》，比以前还要积极。为什么呢？想看看电视剧是怎样描述他们的"光辉事迹"呀！

"咦，我出场了！啊，原来我的角色是由电视台三小花之一的林虹紫扮演，不错哦，得点一百个赞！林虹紫比起我来虽然还差了一点点，但还算不错。"晓晴见到以她为生活原型的剧中人物出场，表示还算满意。

晓星哼了一声："美得你。林虹紫比你漂亮多了！"

"臭小孩，身上又痒痒了？"晓晴圆睁双眼，用手一拍桌子。

"喂，你们还有完没完。吵死了，人家做功课呢！"坐在一边做功课的小岚不满地说。

她明天要陪万卡哥哥去访问邻国几天，所以紧赶慢赶，要在出发前把老师布置的作业完成。

"Yes Madam！"晓星赶紧朝小岚敬了个礼，"不过，小岚姐姐，你怎么不去书房做呢？"

小岚一拍桌子："难道还要你教我去哪里做功课吗？"

其实小岚心里想的是：我也想看看究竟是谁扮演自己呀！

晓晴见晓星被小岚抢白，得意地挑了挑眉毛，继续美滋滋地看她的"光辉事迹"。

"哇，小岚姐姐你出场了！快来看快来看，扮演你的，是得过三次白兰花奖最佳女主角的朱冰冰！哇，好美啊！"晓星突然喊了起来。

"我看看我看看！"小岚把笔一扔，扑到电视机前。